好想打網球

梁天樂 著

好想打網球
作者／梁天樂
總編輯／馬鎮梅
文稿審訂／楊碧瑤
協力編輯／賴百樂
美術設計／許智超
出版發行／突破出版社
香港沙田亞公角山路 33 號突破青年村
電話：2632 0000　傳真：2632 0388
電郵：breakthrough@breakthrough.org.hk
網址：http://www.breakthrough.org.hk
http://www.btproduct.com
承印／陽光印刷製本廠
2007 年 7 月初版 1 刷
2011 年 2 月初版 3 刷

A Passion for Tennis
by Leung Tin-lok
First Printing, First Edition, July 2007
Third Printing, First Edition, February 2011

ISBN 978-962-8913-73-2

本書採用環保油墨印刷

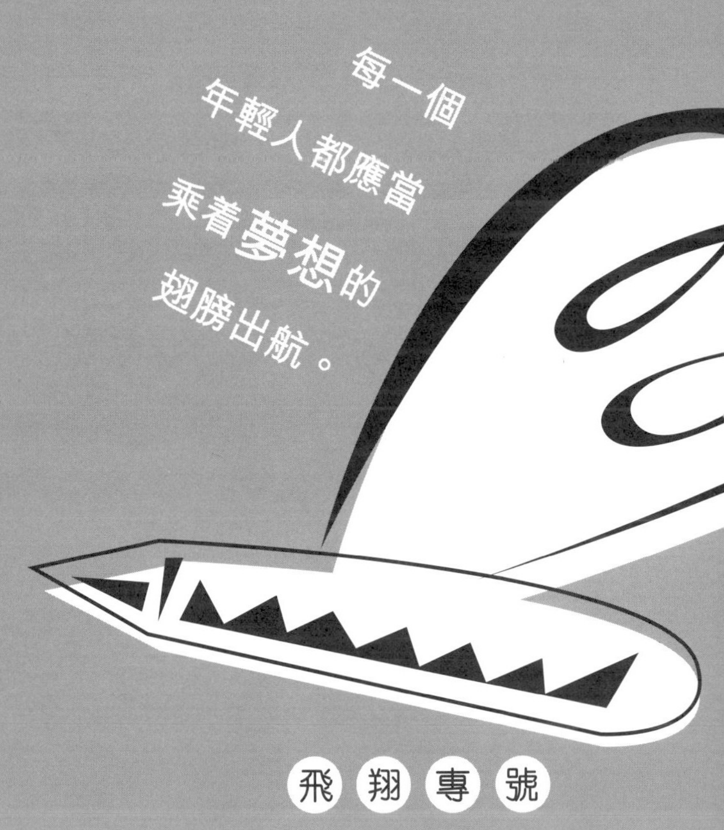
每一個
年輕人都應當
乘着夢想的
翅膀出航。
飛翔專號

目錄

人物簡介
韓教練
網球隊教練，腹大便便，
觀察力強，顧全大局。
蒙坦慈
本是缺乏自信的女孩，熱
愛網球，終於在打網球中
重拾自信，發現真我。
陸余村
善良大個子，傾
慕坦慈，為了她
而學習打網球，
甚有天分。
蒙坦兒
可愛聰明，受父母萬千寵
愛，因而給姐姐坦慈嫉妒。

馬嘉莉（左）與黎甘露（右）
二人本為網球隊主力，一個好勝，一個追求成功，結果二人為爭奪網球隊隊長位置，各出奇謀，反目成仇。

幸美
網球隊隊員，乖巧機伶，可惜誤入歧途，捲入球隊隊長之爭中。

雷亞楚
網球隊隊長，無人能敵，最後因家庭問題而離開球隊。

她是舒拉寶娃！

寬敞明亮的教室內，兩把灰色的大風扇在天花板下賣力地轉動，卻仍然送不走翳悶，同學們額上滴着豆大汗珠，心情浮躁。

老師朗聲説：「現在我將派發數學測驗卷，是次測驗成績令人驚訝，有人獲得滿分，有人卻得零分！」

用手托着後頸的坦慈心裏一震，口中呢喃：「什麼時候舉行了數學測驗？怎麼我完全沒有頭緒？」

「蒙坦慈！你交白卷，只得零分！仁愛中學內，便只有你一個得零分！」老師厲聲道。

「哈哈哈！」同學紛紛望向坦慈，爆出聲震九霄的笑聲。

坦慈雙手掩臉，羞愧得無地自容。

「蒙坦慈！」

坦慈額頭撞到檯面，「哎呀」一聲，她摸着疼痛的額頭，如夢初醒，且道：「幸好是一場夢。」

日有所思，夜有所夢，坦慈的學業成績一向欠佳，常常夢見自己在試場內拿着試卷一籌莫展，心驚膽戰。她今年中三，本來是 B 班的她，因為成績太差的緣故，今年被調至 D 班。

「蒙坦慈，你站起來！」站在台前的老師喝道。

「啊，幹什麼？」坦慈連忙站起，一臉茫然。

「蒙坦慈，你成績欠佳，上課又不專心，你有為自己的未來設想嗎？你將來想當個接線生還是清潔女工？」老師尖鋭地問。

「我——」坦慈張開口，又合攏，她垂頭撫摸腦後的蟠桃髮髻發愁，她確實有一個夢想藏在心底深處，可是她知道那是一個遙遠縹緲的夢想。

「嘿，真笨！」擁有一張渾圓紅潤的臉龐，活像一個大紅蘋果的許幸美輕蔑地笑。

其他同學聽見，不禁肆無忌憚地竊笑起來。今年坦慈被調到這班後，和昔日的同學分開了；這班新同學又嫌她沉默寡言，把她當作怪物看待；她懷念過往，更討厭現在的新同學。坦慈默然，感到心灰意冷。

放學後，坦慈執拾書包，逃亡般奔出教室，她跑到學校操場，挑了個偏僻的座位，安心地坐着守候，她知道田徑隊稍後會在這裏進行訓練，心想那個人將會出現。

不一會，數位身穿綠邊白底背心、黑色短褲的男生，談笑風生地步進操場，其中那個身材特別高大，擁有一頭濃密黑短髮，長長的臉龐上滿是雀斑的男生，牽引着坦慈的雙眼和心靈。一瞥見他，她的心躍動不定，喃喃地道：「你是高年班的師兄，叫劉展鵬，可是我喜歡叫你『劉翔』！那是我跟你之間的一個小祕密……只不過我叫你做『劉翔』，你卻不知道！」

坦慈看着遠處的「劉翔」，悠然神往，往事如錄像般重現眼前……

剛就讀仁愛中學中一的第一天，天剛破曉，坦慈便換上簇新的校服上學，在巴士站候車時，晨光熹

微，小鳥吱吱鳴叫，空氣格外清新，可是她有點鼻敏感，一連打了數個噴嚏。

不久，一輛舊式巴士來到，她用八達通付款後，坐到下層最後排座位，打開車窗，微風送爽，她一直往窗外看，忽然感到眼睛有點痕癢，大概有沙塵走進眼內，她閉上眼，嘗試想些不愉快的事情，期望以淚水沖走那顆令眼睛不舒服的東西。

正當她成功擠出眼淚時，忽然有把男聲響起：「小妹妹別動，有隻飛蛾附在你的頭上！」

「飛蛾！」坦慈嚇得驚惶失措，手忙腳亂地撥頭及頸，連書包也顧不了丟在地上。

「不用怕！」男生突然在坦慈的耳邊伸手，眼明手快的一把抓住飛蛾：「牠就在我手中，要殺了牠，還是放了牠？」

「放……放了牠吧！」坦慈牙關格格作響。

「牠把你嚇個半死，你居然不記仇，還要放了牠，你心地真好！」男生把手伸到窗口，將飛蛾送出窗外，讓牠飛走。

坦慈心神穩定下來，這才發現眼前的男生擁有一張滿是雀斑的長臉，外貌親切得有點像雅典奧運 110 米跨欄的冠軍人物——「劉翔」。

「飛蛾本來在我附近徘徊，我撥開牠後，牠便附到你的頭上，累你大吃一驚，真不好意思！」男生吃吃地笑，轉身返回前面的座位。

坦慈撫着胸口，只覺臉頰熱燙，雀斑男生的影像從此在她的腦海中不散。之後，她四出打探「劉翔」的資料，名字、班級、課餘後的嗜好等等，儘管這種「偵探」工作有點無聊幼稚，可是她卻樂在其中。

坦慈見過心上人後，她隨即來到校園後面的運動場區，抬頭看去，高高的鐵絲網圍欄上，有幾隻喜鵲飛舞，圍牆四周種滿枝葉茂盛的松樹，包圍着一片青蔥草皮場地，裏面是兩個長 23.77 米及橫 8.23 米的標準網球場，它們整齊有致地排列在一起，異常壯觀。

「碰、碰！」球場上球來球往，發出清脆的打球聲。

坦慈抓着鐵絲網，鼻子突出於縫隙間，全神貫注地觀看別人打球，她大力呼吸一口新鮮空氣，感到心曠神怡，這是網球場上獨有的氣味！

就在這時，坦慈身邊數個女生高談闊論，原來她們是同班同學，束辮子的玲香問：「雷亞楚在哪裏？」

「那個皮膚白皙，高眺身材，將頭髮盤到腦後的女生就是了！」蘋果臉的幸美指手比劃的道。

「啊，簡直是俄羅斯美少女舒拉寶娃的化身！」玲香讚歎。

「雷亞楚！」坦慈知道她是中七學生，在網球隊裏的地位舉足輕重，她除了球技超卓外，更是球隊的隊長，連續五屆獲選為校內最優秀的女子運動員。

「今年亞楚便畢業，不知誰人能夠代替她的位置呢？」胖乎乎的結枝插嘴問道。

「她的位置當然無人能夠取代，不過球隊內球技較好的可算是馬嘉莉和黎甘露，我想隊長應是這兩人的其中一人吧！」幸美道：「別多說了，現在是網球場開放時間，我們進去排隊打球吧！」

眾女生簇擁地湧進球場，坦慈悄悄跟在幸美三人身後，走進那個令她感到不可思議的球場裏去，她不像幸美她們走到主場區那邊排隊，反而拿起擱在一角的球拍和網球，躲到一旁，獨個兒跟牆壁對打網球。

「碰、碰、碰！」網球打到牆上後，立即飛快地反彈回來，坦慈東奔西撲，球飛往哪裏她便跑到哪裏。就算只是跟牆壁對打，坦慈已經無比亢奮，本來沉默文靜的她，一拿起球拍便變了另一個人，滿載節奏感的步伐，充滿勁道的揮臂動作，連眼睛也在微笑，渾身洋溢着亮麗的神采。

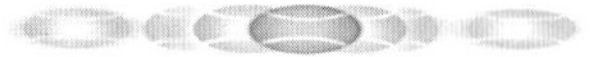

「我跟你一起打！」忽然間，一個高姚的女生插進來，跟坦慈輪流地對着牆壁打球。

坦慈喜出望外，發覺這女生動作優美，打球的準度與身體移動的韻律相互配合，渾然天成，令人目不

暇給，毋庸置疑，她絕對是一個高手。

「她是誰？難道她就是……」凌厲的網球旋即又襲來，坦慈不敢怠慢，積極地跟對手周旋。

女生猛烈進攻，打球角度刁鑽，坦慈處於下風，可是她沒有放棄，竭力救球，始終把球打回牆上去。女生看見坦慈如此賣力，進攻時亦放緩些，好讓坦慈能夠站穩陣腳後再出擊。

這時不少同學竟然靠攏一旁，聚精會神地觀看這場「壁球式」的女子網球賽，有些同學更發出讚歎，坦慈發覺有人觀看，大吃一驚，一分心便失手。

「對不起。」坦慈怯道。

「沒關係！」女生轉身對着圍觀的同學，笑道：「別看！只是打球罷了，你們回去打球啦！」

「亞楚，有空也跟我打一場呀！」

「亞楚，你可以轉打壁球呢！」眾人嬉笑地散開。

「果然是亞楚！我剛才竟然跟鼎鼎大名的亞楚打球！」坦慈心花怒放，轉身呆望着她，她身穿一件淡

紅色的 Polo 恤，突顯她苗條的身段，折疊紋條的迷你短裙露出一雙修長的大腿，加上一張清麗脱俗的鵝蛋臉，眼前人不就是「港版舒拉寶娃」——雷亞楚。

「你叫什麼名字？」亞楚問。

坦慈張開嘴巴，驚奇得説不出話來。

「我見到你經常來打球，每次也躲在這裏跟牆壁打個痛快，你一定很喜歡打網球！」亞楚道。

「嗯，我真的很喜歡打網球……」坦慈看着手中的網球拍，一臉憧憬：「真想永遠這樣握着網球拍打球，這感覺真棒啊！」

亞楚意外地走到坦慈的面前道：「既然喜歡，那就緊緊握着球拍打下去吧！」

世界上有多少人聲稱自己有夢想、有理想，但全都不能付諸實行，讓時間漫無目的地虛度，難道坦慈是其中的一分子？為何要逃避？為何不可以走上來，勇敢地拿起球拍盡情的打個痛快？坦慈的內心有把聲音呼喚她。她抬起頭，迷惘的眼珠在轉動，道：「但是我連球拍也沒有……我什麼也做不到！」

亞楚凝視坦慈的眼眸：「我小學開始打網球，但是當時的教練並不看好我，反而致力栽培另外的隊員，我曾經想過放棄，可是我真心喜歡打網球，於是我咬緊牙關，堅持打下去，最後在小學畢業前，我成為隊內的冠軍！」

坦慈睜開雙眼，感到難以置信。

「別人的言論、別人的阻撓，每每影響我們的一舉一動，可是他們的言論或阻撓都是正確的嗎？管他呢！別人又不是我，怎會明白我的感受？只要我喜歡打網球，專心練好本事，享受箇中成長的樂趣便足夠！」亞楚道：「我曾經看過一齣真人真事改編的電影，叫《烈火戰車》，故事講述 1924 年兩位轟動世界的奧運賽跑選手：艾瑞克和哈諾德，他們擁有不朽的精神和無窮的毅力，一個為宗教犧牲，一個為理想奮鬥，最終獲得空前的成就！艾瑞克認為跑步的力量源於心中，他相信神創造他的目的，就是要他跑得快

些！當他全速跑步時，便感受到上帝的喜悅！」

坦慈的心閃亮起來，興奮地問道：「你是被他們感染而成功的嗎？」

亞楚目光炯炯地點頭。

「下個月將舉行網球隊選拔賽，只要勝出就有機會加入球隊，你要夢想成真絕對不難，只要趁快練好球技就可以了！」亞楚轉身，臨行前丟下一句：「記着來參加比賽啊！」

坦慈驀然想起還沒介紹自己，連忙踏前一步，道：「亞楚師姐，我叫蒙坦慈！」

亞楚背着她揮手道別。

坦慈的雙眼一直盯住亞楚英姿颯爽的背影，心內激起洶湧的感動：「為何我不能夠早點認識亞楚師姐？她意志堅定，有性格、有立場，絕對是我學習的榜樣！」

坦慈緊握手中的網球拍，指縫間還殘留着剛才跟亞楚打球時的躍動餘韻，心道：「好想繼續打球，好想繼續擁有這種感覺！這次我一定要緊緊抱住我的夢想！」

做我的教練

翌日，坦慈把小時候儲存的零用錢，從提款機全數取出，走到旺角的體育用品商店，選購網球用品，由於是初學者，對這些用品一竅不通，左挑右選，拿不定主意，幸好那位滿頭白髮的售貨員甚有耐性地跟她講解，讓她買了合適的球拍和網球，另外，她還買了球衣、網球專用鞋、手腕帶、髮夾等等。

她換了粉紅色的網球套裝裙，站在全身鏡前觀看，短裙下露出一雙白皙的長腿，將盤起的頭髮放下，輕輕一笑，酒窩便如漣漪般在一張清秀的臉龐上浮現，心道：「除了身材不夠修長，其實我跟亞楚也有點相像啊！唉，我真自大，我怎能跟她相提並論？」

她付賬的時候，充滿雄心壯志，決心要打好網球，向夢想邁進。

坦慈提着三大袋戰利品回家，一打開門，眉如柳葉的媽媽正在準備晚餐，看見坦慈便迎上前問道：「怎麼這樣晚啊？你買了什麼回來？」

「這些都是為了打網球而購買的，有最新款的球拍，舒適吸汗的套裝球衣以及專打網球的球鞋！」坦慈興高采烈地將球衣球拍展示，想與媽媽一同分享這份喜悅。

「你簡直浪費金錢，你有餘錢也該買些參考書，你看你的成績多麼糟糕，相反，坦兒的學業成績總是名列前茅。我不要求你的成績能跟坦兒看齊，但最好不要相差太遠吧！」媽媽皺眉道。

坦兒是坦慈的妹妹，比坦慈小兩歲。

坦慈吸一口氣，鼓起勇氣問：「媽媽，你還記得我小學三年級時，我曾經跟你說過，我很喜歡打網球、喜歡在球場上奔跑、喜歡豁盡所有力量把球打回對方場區，我還請求你和爸爸讓我報讀網球訓練班的事嗎？」

媽媽睜開眼睛，奇道：「有這等事？我都忘了！」

坦慈失望地呼出一口氣，道：「當時我央求你和爸爸兩日兩夜，但最終被否決了！這件事我一直記在心中，就算到了現在，我也希望打網球！」

「我看你只是三分鐘熱度吧，兩星期後便會將這些球衣球拍擱在牀底！嘿，不跟你說這個，明天坦兒有測驗，她正在房內溫習，你不要打擾她，晚上別看電視，知道嗎？」

坦慈黯然垂頭，她輕輕應道：「知道了。」把球衣球拍一一塞回袋內，在媽媽的眼裏，這些東西都是垃圾，只有她自己視作瑰寶。

晚飯後，家裏為了讓坦兒專心溫習，於是關掉發出聲響的電器，各人躲在房間，不發一言，寂靜得如一潭死水。坦慈拿起球拍，換上球鞋，躡手躡腳地打開大門，靜悄悄的走出家門。

坦慈家樓下有一小巷，她挑了一道外牆作為對手，她奮力對着它擊球，眼裏充滿怨懟，力道也一下比一下大，她彷彿要將心中的怨氣全部發泄出來，心中喃喃地道：「為什麼總要將我跟坦兒比較？為什麼你們總是關心坦兒，對我卻不聞不問？我只是希望得到

你們的支持而已！」

坦慈心中激盪，腦海的舊片段如烏雲湧至，將她淹沒……

在坦慈朦朧的記憶中，她還記得家裏那部舊唱機，正播放着輕快的聖誕歌，牆壁和窗上滿是聖誕老人、鹿車、雪人的貼圖，窗框繞滿七彩閃燈，紅橙黃綠的燈光輪流閃爍，這天是聖誕大食會，媽媽準備了豐富的美食，有火雞、意大利粉、香腸菠蘿等等，天氣雖然寒冷，但屋內卻洋溢着暖洋洋的和諧氣氛。

小坦慈站直身子，發覺那株聖誕樹比自己還要高，她對着聖誕樹道：「不知明年我會否比你高呢？」

媽媽正在一旁替坦兒束辮子，坦兒今天穿了一件圓點配白色的裙，活像一個瓷娃娃。

「這棵聖誕樹，我們一年才可見一次，那真是難得啊！」小時候的坦慈不喜歡跟人說話，反而對着物件卻可以談個不亦樂乎。

「叮噹！」門鈴聲響起。

「一定是婆婆、姨母來了！坦慈，快去開門！」媽媽道。

坦慈最怕多人的地方，逃命似的遁入廁所裏去。

「真是的！那些都是熟人呢！怕什麼？」媽媽一邊抱怨一邊去開門。

「聖誕快樂！」婆婆姨母表哥表姐鬧哄哄地湧進來。

坦兒上前，歪着小粉臉羞澀地道：「婆……婆……姨媽，聖誕……快……來！」

「哈哈，是聖誕快樂才對呀！」一身紫色連身裙的姨母笑道。

「哈哈！」坦兒禁不住以小巧的雙手掩嘴發笑，她的一顰一笑立即逗得一眾來賓歡天喜地，他們高興地道：「坦兒真乖！坦兒真可愛！」

坦慈悄悄開門，從門縫中看到眾親友圍着可愛的坦兒團團轉，坦兒乖巧地跟從母親的指示，向每位長輩逐一打招呼問好。

當親友安坐客廳的沙發時，體態有點胖的婆婆四處打量，問：「坦慈呢？她在哪裏？」

「坦慈，快出來！」媽媽叫道。

身穿深色毛衣的坦慈不情不願地貼着牆角鑽出來，媽媽瞪着她道：「快打招呼啦！」

坦慈盯着光潔的地板，顫聲道：「婆……婆……姨……姨……」

「坦慈從小就不愛説話，別勉強她吧！」姨母替坦慈解窘。

「我曾以為她有語言障礙，帶她看醫生，醫生卻説她不是有病，不用治療。唉，她一天也説不夠十句話，真令人擔心！」媽媽道。

「坦慈，你應該多學習説話！好像坦兒一樣聰敏伶俐才對呀！」婆婆拍拍坦慈的肩膀。

「各人有不同的性格。來！姨母送你們兩姊妹各一隻毛公仔！」姨母從袋中取出一隻猴子毛公仔給坦慈，一隻貓咪毛公仔給坦兒。

坦兒抱着貓咪，眼睛卻盯着坦慈手中的猴子，她扯着媽媽的衣袖，嬌嗲地道：「媽媽，我喜歡猴子！」

坦慈本能地向後退。

「哦，你喜歡猴子嗎？坦慈，那你就跟坦兒交換毛公仔吧！」媽媽攤開雙手道。

「不，這是我的！」坦慈抓緊她的猴子。

「媽媽……」坦兒撅着嘴，哭喪着臉。

「你是姐姐，好應該讓讓妹妹啊！大讓小天經地義！」媽媽二話不說，一手抓起坦慈懷中的猴子，再將它交給坦兒。

坦兒左手抱緊猴子，右手抓住貓咪，歡喜得笑不攏嘴；相反，坦慈的心卻一直沉下去……

「嗯！」坦慈大喊一聲，用力揮拍，網球受壓，打到牆上後彈飛到老遠。

低沉的夜空，烏雲重重，殘月迷濛，一陣涼風吹過，坦慈孤清清地用雙手及額頭抵在牆上，眼淚忍不

住簌簌落下，苦澀的淚水跟辛酸的汗水交纏在一起，在心坎化成了一道深刻的傷痕。

四面幢幢樓房，圍住一條寂靜小巷，空空洞洞迴盪着坦慈的哭泣聲。良久，坦慈的心情慢慢平復，她輕輕抹去眼角的淚水，就在這時，「碰」的一聲，一個網球溜過來，輕輕打在牆上，再彈到她的腳邊。坦慈感到意外，蹲下拾起網球，那是她剛才用力打出去的網球，怎麼到現在才反彈回來？

坦慈轉臉，橙黃色的街燈下，映照出一個熊腰寬膀的男孩，他有一張方臉，濃眉細眼，樣子兇惡，坦慈害怕地撫着胸口，心臟「噗噗」亂跳。

「對不起，我不是有心打擾你，我只想還你網球！」「兇相」男孩抓抓頭皮。

「咦？」坦慈發現他身穿運動服，手握網球拍，揹着一筐子的網球，原來他是同道中人，坦慈立刻感到安心。

「心情不好的時候最好打網球，你要跟我一起打網球嗎？」「兇相」男孩問道。

坦慈禁不住向後退，戒心又來了。

「我可不是陌生人，我也是仁愛中學的學生，跟你同級，就讀 C 班，叫陸余村！」「兇相」男孩用食指指向自己的下巴。

「真的嗎？」坦慈疑惑地問。

坦慈跟着余村來到附近的網球場，途中余村滔滔不絕地説個不停，坦慈則靜靜地細心聆聽。

「我最喜歡打網球，網球跟桌球、高爾夫球和保齡球給列為世界四大紳士活動！網球的崛起源遠流長，大概在十三世紀，法國貴族興起一種用手掌擊球的運動，之後這種運動便傳到英國！」

坦慈聽得入神，余村不禁眉飛色舞，繼續説道：「網球運動來到英國後迅速發展，先是英國少校溫菲爾發明了類似現今網球的運動，當時被稱為 Sphairistike，即是玩的意思！及至 1877 年，在英國倫敦郊外的溫布頓設置了網球總會，而第一屆的溫布頓比賽亦在同年舉行！」

坦慈訝異地張開嘴巴，想不到溫布頓公開賽已有一百三十年的歷史。

「當時制定的規則一直沿用至今，每局 0-15-30-40 的計分制亦在那時定下。美國緊隨英國發展網球運動，可是當時愛好網球的都是富有的資產階級。直到上世紀七十年代，網球比賽正式開創了職業巡迴賽的先河，大大提高了運動員的水平和比賽的競爭氣氛！直到九十年代，網球的發展更是一日千里，瘋魔全球！」

坦慈呼出一口氣，輕輕地問：「那麼你何時開始學習打網球？」

「我小時候對網球沒興趣，上到中學才認識網球，參加網球訓練班，直至現在維持一星期打兩次。」

「那麼你為何不加入校隊？」

「我興趣太多，天生『坐不定』！況且高人多數隱居在深山之中，你沒聽過真人不露相，露相非真人嗎？哈哈！」余村嬉皮笑臉地說。

「嘟嘟啦啦……」余村的手提電話響起，他接聽後，一臉震驚:「什麼？你今晚有事，不能來打球？唉，沒法子啦，幸好我找到伙伴跟我打球，再見了！」

坦慈狐疑地望着余村，像是在問：「怎麼了？」

「我的朋友今晚不來，你就做我的對手啦！」他搔頭道。

坦慈大吃一驚，道：「我？那怎麼行？一直以來我都是跟牆壁打球，我絕不是你的對手！」

余村笑道：「不打緊，我教你！」

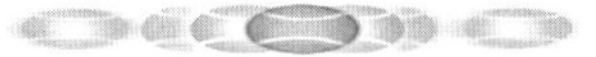

不一會，坦慈看見前面不遠處燈火通明，清脆的網球聲由遠處傳到耳邊，坦慈心頭一動，私人的網球會所就在眼前！

余村昂首闊步走進會所，坦慈乍驚乍喜的跟在他身後。會所設計平實簡潔，光線充足，大堂有四張深啡色沙發，圍着一張磨砂玻璃的茶几，左邊是餐室，右邊是男女更衣室，銀灰色的牆壁到處掛滿成名網球手的大型照片：森柏斯、張德培、阿加斯、嘉芙、軒芝絲、維廉斯姊妹、費達拿等等。

余村在辦事處簽到，坦慈則站在一旁等候，她忐忑不安，因為她從不跟男生單獨聚會，但為了網球，她竟然做出這麼大膽的事，想到這裏，不禁滿臉通紅。

「進去吧！」余村轉身看看坦慈，便伸手拉着她的衣角步進網球場區，坦慈正想撥開余村的手時，卻發現眼前綠油油的網球場被璀璨的燈火映照得通透明亮，霎時震懾心靈，也就忘了推開那隻手掌。

余村沒有立刻跟坦慈對打網球，反而從基本功開始練習。他右手握着拍柄，左手持着球拍的頸部作示範，他的膝蓋微彎，以腰際為基盤，球拍則放於身體中央，道：「這是準備姿勢，將身體保持傾斜四十五度，記住打球時肩膀不能上下搖擺或彎腰駝背，因為這會影響你看球的準確度！」

坦慈模仿余村的動作，維肖維妙。

「做得不錯！」余村豎起拇指道。

坦慈笑了，微風吹來，她以左手抱住腦後的髮髻，看着眼前光潔的球場，再看看右手握着的網球拍，這個場景多麼熟悉親切，因為她曾在無數的夢中，見到自己在球場上正式地學習打網球，現在由夢境變成真實，反而令她分不清孰真孰假。坦慈用力吸一口氣，身體驟然充滿力量，不錯，現在真的夢想成真！

「球的旋轉可分為順轉球、無旋轉球及反轉球，順轉球是將球拍由下方向上方削球般揮拍，球速會如弧形般突然落下；反轉球則是將球拍面由垂直轉換成略為向上，與地面呈水平線來揮拍，球會出現向後退方向旋轉！」余村將球拍由下方向上方畫個大圓圈，再由後方向前揮拍，道：「這是打順轉球的身法，你熟練後，我們再練習反轉球的揮拍方法！」

坦慈一向都是見球就打，此刻跟余村學習，不禁感到網球的博大精深，要將網球打好，必須痛下苦功。

坦慈把揮拍的動作練熟，余村滿意地點頭，再指導她反手拍的持拍法，道：「當要反手擊球時，你必須變換持拍方法！右手要這樣握着拍柄的末端，拇指斜向張開，再利用拇指腹來緊壓着球拍，你來試試！」

「我看你只是三分鐘熱度，兩星期後便會將這些球衣球拍擱在牀底！」坦慈的腦際忽然響起媽媽的說話，她咬緊下唇，眼神堅定地以反手握拍的方法揮拍。

呼的一聲，球拍劃破空氣的揮出，坦慈忿忿不平地心道：「對於網球，我絕對不是三分鐘的熱度，我要以事實證明給你們知道，我是真心真意喜歡打網球的！」

余村展示正、反手拍的不同握法，讓坦慈明白。

「當網球彈向你的左方時，你就利用右手的食指和拇指，把球拍向右方輕輕旋轉，這時球拍便會向左方傾斜！」

當坦慈熟練了正反手的揮拍動作後，他們便在球場的半場進行實際練習，他們先以正手拍對打，之後

再改以反手拍對打，最後才混合正手及反手來對打。其他人如此反覆練習，必定感到苦悶難耐，可是坦慈卻感到妙不可言；余村見到對方如此好學，教授時也就加倍用心和落力。本來並不認識的兩個人，因着網球的關係，兩顆心悄然走近。

兩個小時的練習晃眼便過，余村送坦慈回家，一路上，坦慈垂頭沉思，余村沒有説話，只是偶而打量她一眼，然後歪着頭偷笑。

到達坦慈家的樓下，她終於鼓起勇氣，誠摯地道：「我想參加下個月的網球隊選拔賽，我很想很想加入網球隊，你……你可以做我的教練嗎？」

余村錯愕地睜大雙眼，搔搔頭皮，笑道：「要在一個月內闖進校隊，那得進行『地獄式的加強版』訓練！明天繼續練習兩小時，以後一星期跟我練習五天，明白嗎？」

坦慈喜出望外，禁不住掩嘴發笑。

傳奇人物的接班人

仁愛中學是一間歷史悠久的傳統學校，網球隊在校內享負盛名，多次在學界及其他公開賽取得多項佳績，學校也在網球部投入更多資源。校方為了鼓勵學生打網球，不惜在早年興建兩個標準的草皮網球場，一個定時供其他學生玩樂，另一個則屬網球隊專用，而球隊不單聘有專門負責培訓隊員的教練，隊員還有獨特的制服，男隊員是藍色上衣白色褲子，女隊員則是一件淡紅色套裝短裙，每一個都醒目有型。

「碰！碰！」清脆的網球聲響徹天上的雲海，遠處看去，偌大的網球場一片青蔥，鐵絲網外聚集多不勝數的圍觀者，場上一名穿淡紅色球衣的球手揮起球拍，「碰」的一聲，將網球重重地打到對方場角；對面場區的球手拚命飛撲，伸長手臂及球拍，將球打回。

「嘩！」觀眾歎為觀止，網球隊每天都會進行特訓，吸引不少學生前來欣賞。

球隊主力馬嘉莉和黎甘露坐在一旁小息，她們都是中六級的同班同學，二人形影不離，是別人眼中的

「孖公仔」，就像練習時她倆會毫無芥蒂地共用一瓶礦泉水。嘉莉的眼光流轉到另一邊供其他學生使用的網球場上，那裏正有兩位女生賣力地打球。

「那個穿綠色T恤，擁有一張蘋果臉的女孩叫許幸美，由大能中學轉來，據說球技了得！」嘉莉道。

「她早就表明轉進仁愛的原因是要加入網球隊，看來她應是新生中實力最強的一個！」甘露道。

嘉莉和甘露在外形上完全不同，嘉莉一頭額前齊蔭的前衞短髮，骨架結實，像個女中豪傑；相反，甘露長髮單眼皮，身材纖細，像個日本少女。

「其實網球隊每年舉行一次選拔賽，只要贏得一場比賽就能加入球隊，雖然能夠入選的人數很多，可是球隊採取計分制，每星期我們都要跟隊友比賽，贏了的就可加分，若然一直沒有累積足夠的分數，那只有被淘汰的份兒。競爭劇烈殘酷，不到三個月，球隊剩下來的都是精英！」

「若果低年級的隊員打敗高年班的前輩，會令她們獲得額外的分數。我們也要時刻保持狀態，否則被新人追過，那就地位不保了！」甘露微笑道。

「我才不放這許幸美在眼內，我的目標是球隊隊長之位！」

「什麼？隊長一職向來是獨領風騷的亞楚擔任，你有信心超越她嗎？」甘露十分愕然。

「球是圓的，怎麼會沒可能？亞楚今年便畢業，隊長始終要由其他人接任，如果我能在她退位前擊敗她，我便能名正言順地當上球隊隊長！」嘉莉目光炯炯地道。

「我才沒有這野心，不過我一定會全力支持你的！」甘露拿起球拍，道：「來！我們一起練習！」

連續兩星期，坦慈孜孜不倦地跟余村學習網球，一切由基本功開始，一步一步循序漸進，並沒有因為選拔賽即將舉行而亂了步伐。

「基本功建立得不穩固，往後要改善就困難了！」

余村說。

坦慈沒半句怨言，由正反拍底線抽球、發球至截擊球等技術，她都花了很多時間鍛煉，直至把動作做好，她才滿意。功夫一天一點的累積，坦慈不但對網球的興趣更濃，還感到全身每個細胞都充滿力量，她知道這叫做夢想成真，緊緊抱住夢想的感覺原來是這麼實在。

這天晚飯後，坦慈換上運動服，拿起球拍，準備外出跟余村到網球會所打球，可是媽媽皺起眉頭質問：「你又去打球？功課做完了沒有？」

「嗯……我回來後會做……」坦慈垂下頭怯怯地道。

「功課還沒完成，你便去打球？你看坦兒正在埋首功課，她多麼勤力，而你卻一點也不在乎！」

「明白了，回來後我自會把功課做好！」坦慈嘴巴一撅，匆匆走出家門。

練習完畢後，余村及坦慈總會並肩步行回家，沿路上，他們都會經過一條橙黃色的泥路，這夜雖然細雨濛濛，泥土鬆軟，但清風徐來，仍叫人身心舒暢。

「我喜歡打網球，但是家人反對，他們覺得我應該像妹妹一樣，專心學業，她的成績總是名列前茅，相反我就……」坦慈一臉愁緒。

「你家人一定經常將你兩姊妹比較吧？這樣會不會令你討厭妹妹？」

「有時候也會感到十分討厭的！我是我，妹妹是妹妹，我喜歡打球，她喜歡讀書，為什麼總要將我們一起比較？」坦慈激動地道。

「我有一個弟弟，他的學業成績比我出色多了，我小學及中學都試過留級，現在他跟我都是中三呢！家人總是將這件事取笑我，初時我真的感到很自卑，可是現在功課上有什麼難題，我都可以找弟弟幫忙！」

「你能不恥下問真好啊！」坦慈忍不住轉臉，偷看

身後二人的腳印，余村的腳印比她的大及深，她覺得這些痕跡很好看。

「不過在運動方面，我弟弟卻一竅不通。這個時候，便輪到他來請教我，不管踏單車、游泳、打籃球、踢足球都是我教曉他的！我們互相補足，是『龍兄虎弟』！」余村拍拍心口道。

「可是你父母不會偏心嗎？他們都喜歡學業成績好的孩子呢！」坦慈感同身受。

「媽媽喜歡文靜乖巧的弟弟，可是爸爸卻喜歡外向好動的我，我兩兄弟各有支持者，所以沒什麼好介懷呢！」

「真羨慕你，若果我的家也像你一樣就好了！」坦慈想起父母總是偏心妹妹，心內就感到酸溜溜的。

「可是我們也不能荒廢學業！假如學業與運動兩方面能平衡發展，相信沒有哪個父母會反對的！」

坦慈如夢初醒，方知自己最近沉迷打球，對功課置之度外，令母親擔心，她決定以後專心上課，做好功課才練習網球。

「有些事情太如意的話，我們都不會稀罕；相反那些令我們受盡創傷才能夠得到的東西，我們才懂得珍惜！」余村瞇起右眼，握着拳頭笑道：「坦慈，加油啊！」

坦慈停住腳步，禁不住笑了。

他們運動後一起走的這段路，已成為他倆互吐心聲的好時光，不知不覺間，坦慈的話比往日多，心情也比昔日開朗，到底是網球令她改變，抑或是余村令她改變？她不知道，也沒有察覺這微妙的轉變。

數個女生聚在網球隊的辦事處外，盯着貼在報告版有關五大男女子網球手的得分排行榜，其中女子組的第一名雷亞楚，得分遙遙領先第二位的馬嘉莉，其他女球手可謂望塵莫及。

「據説雷亞楚的照片已經風雨不改地排在首位五年多，到底這是不是真的？」玲香問。

幸美一臉嚴肅，道：「這當然是真的！她簡直是仁愛中學的傳奇人物，在她未加入校隊前，仁愛中學的網球成績由高峰跌至新低點，網球隊竟然在兩年內得不到任何校外比賽的錦標，韓教練備受革職的威脅。可是當亞楚加入校隊後，網球隊成績立時扭轉過來，亞楚先在校內『過五關斬六將』，把前輩師姐一一打敗，一夜成名後，她再在校外取得輝煌成績，她的成就可謂前無古人！」

「難怪傳言形容亞楚的地位比韓教練還要高，原來是亞楚保存了她的飯碗！」結枝道。

「千萬別被韓教練聽見這種說話，外間說韓教練確實能幹聰慧，可就是有點小器，她討厭別人認為她是靠亞楚而留下來的！」幸美道。

「亞楚不只球技出眾，她還是一個見義勇為的女生，上次我乘地鐵遇上她，當時有幾個他校的男生坐在位子上高聲談笑，身邊卻有個佝僂的老婆婆站在一旁，就在這時，亞楚英明神武地上前，指罵這數個男生不讓位給老婆婆，簡直毫無同情心，那數個男生本來還兇巴巴的想反罵亞楚，可是車廂內其他乘客竟然拍掌支持亞楚，那班男生只好悻悻然地溜了，那真是大快人心！」玲香道。

「據說她還是一位願意栽培新人的好前輩，在排行榜佔第二的馬嘉莉，本來對網球一竅不通，可是亞楚發覺她有潛質，大力鼓勵她打網球，而現在的馬嘉莉極有可能繼承她的位置呢！」結枝道。

「亞楚是我的目標，這次我一定要入選網球隊，成為另一位傳奇人物！」幸美胸有成竹地抬頭，眼光鎖定亞楚那張高高在上的照片。

好想打網球

競逐最強新秀

星期六陽光普照，雲淡天高，仁愛中學的網球場上，正進行着一場接一場的選拔賽。仁愛中學的網球隊是全校最受歡迎的校隊之一，故此慕名前來參賽的學生多不勝數，比賽一直編排至下午六時。

余村跟坦慈來到場區，他們站在場外，看着那張貼出來的比賽時間表。

「你的比賽安排在下午一時舉行，對手是許幸美。啊，她也是 F.3D 班，是你的同班同學！」余村道。

「我跟她不熟，不知是不是個很強的對手呢？」坦慈擔心地道。

「管它呢！只需好好發揮自己的實力就可以了！我們先到一旁練習，然後吃個午餐便來比賽吧！」

亞楚一早來到球場，她負責擔任女子組選拔賽的裁判，比賽期間，她留意到各個新人的特長與潛質。

午餐後，亞楚知道下一場比賽的選手正是蒙坦慈，放眼望去，只見她一身醒目的運動套裝，正在場

邊跟一位惡形惡相的男生做拉筋動作。

就在這時，嘉莉和甘露笑意盈盈地走到亞楚身邊，嘉莉問：「亞楚師姐，今年新人的水平怎麼樣？」

亞楚、嘉莉和甘露三位女生正是當今網球隊得分最高的首三名球手，三人聚首，立即引起場內不少同學的注意。

「很難憑一場比賽下定論，最重要是進步的空間以及鬥心的強度，加入網球隊只是一個開始，之後卻是一場長途賽！」亞楚的形容貼切不過。

「亞楚師姐言之有理，且看今年的新人中，誰人能夠『跑出』！」嘉莉道。

「聽說今年有個叫許幸美的球手打得不壞，楚姐你又可會看好她？」甘露問。

「一說曹操，曹操便到！」嘉莉和甘露不禁朝着亞楚的視線看去，一個穿着紫色球衣、高眺及身材有點豐滿的女孩朝着三人神采飛揚地前來，她正是擁有一張蘋果臉的幸美。

「亞楚、嘉莉、甘露三位師姐你們好，我是許幸美，今年讀中三，稍後將會上場比賽，希望我能入選校隊，跟三位前輩好好學習！」幸美的眼睛一直盯着亞楚。

嘉莉用眼角瞄她一眼，冷道：「不敢當！」

「我的球技也不過平平，沒什麼好讓你學習的，我看你是專誠來跟楚姐打招呼吧！」甘露親切地笑。

「沒這回事！」幸美尷尬地垂下頭。

「怎樣也好，比賽即將開始，各就各位吧！」亞楚不動聲色地攀上裁判席的椅子上。

待幸美轉身走後，嘉莉忿忿地道：「何等囂張的女生！口稱我倆作師姐，但眼中卻只有雷亞楚，簡直放肆！」

「只是一個不識大體的小女生，別跟她計較吧！」甘露摟着她的手臂走到觀眾席去。

坦慈跟幸美的大戰即將展開，幸美露出志在必

得的神情，坦慈則滿臉疑慮；這場比賽吸引了場外不少觀眾，余村、亞楚、嘉莉、甘露以及幸美的好友玲香、結枝等人凝神靜候，各有各的想法和期待。

比賽規則以一盤定勝負，要贏一盤則要勝出六局，如果得分六比六時，則採用延長賽，以先取兩局者為勝，而一局就以先得四分（0-15-30-40）為勝方，若出現平分（deuce），以連取兩分為勝方。

坦慈跟幸美的對賽正式開始，坦慈首先發球，這是她首場正式的公開比賽，心情緊張，加上陽光刺眼，影響了判斷，先是雙發失誤，送了一分（0 比 15）給對手。雙發錯誤後不但亂了坦慈的陣腳，更令她下一個發球時變得畏縮，力量不足下，對手一下強勁的正手抽擊，把球擊回坦慈場區的對角線深處，坦慈措手不及，再失一分（0 比 30）。

坦慈再次發球，嘗試攻擊幸美的反手，期望她不會像剛才那麼容易反攻；可惜坦慈的發球速度太慢，幸美大喊一聲，反手回擊，再次打向坦慈的場角深處得分。坦慈的發球局以 0 比 40 落後，她冷汗直冒，再次雙發錯誤，白白將一局斷送給對方。

輪到幸美的發球局，坦慈尚能跟對手周旋三數次來回球，但幸美的正手抽擊實在太強橫了，坦慈處於被動，東奔西撲後便告失位，在未能獲得分數的情況下，再失一局，以零比二落後。

坦慈看着分牌，一臉六神無主，感到手中的球拍像重了十斤，心道：「對手實在太強！是我運氣不好，還是我的技術真的如此不濟？」

在場邊的觀眾看到這種戰況，禁不住議論紛紛，有人道：「二人實力相差太遠了！」

「幸美的對手如此差勁，真是便宜了她！」

「唉，這樣的比賽有什麼好看？浪費時間！」

余村看不過眼，站出來大聲喊道：「坦慈加油！放鬆心情，豁出去打吧！你一定可以的！」

坦慈點頭，嘗試集中精神比賽，第三局開始，坦慈慢慢掌握到自己的節奏，能跟對手拉鋸了十多下來回球，可是她未能在關鍵時刻一舉拿下分數，不是把球打出界外，便是把球打在網肚。

「可惡，手感還是差一點點！」余村眉頭緊鎖，用力以拳頭擊到掌心上。

比賽時間不到十五分鐘，幸美已領先局數五比零，只差一局，坦慈便會輸掉整場比賽，此刻更是對方的發球局，她的形勢危如纍卵。

「一如我們所料，幸美在無風無浪下勝出比賽！」玲香笑道。

「哈哈，稍後一定要幸美請我們吃下午茶！」饞嘴的結枝說。

「清醒呀！」眉角滴着熱汗的坦慈深呼吸一下，她搖搖頭，驚覺自己一直都打得神不守舍，自己的實力根本沒有好好發揮，接近瀕臨出局的邊緣時，她才發現必須豁出去，那才有一線生機！

幸美發覺對手實力不濟，不禁鬆懈下來，她勝券在握地發球；坦慈見來球彈得略高，連忙搶上，用力將球拍揮出去，把球打向右側邊線的位置上；幸美大吃一驚，勉強把來球救回，坦慈得勢不饒人，再補上猛烈一擊，成功得分！

「Yeah ！」坦慈仰天大喊一聲，為自己鼓舞。

「好呀！」余村振臂高呼。

「嘿，只是拿得一分，有什麼值得高興？」玲香冷笑。

「五分鐘後便能分出勝負！」結枝肯定地道。

幸美仿如吃了一記悶棍，她再次發球，這一球她跟坦慈展開底線對打，坦慈把球打至幸美的右邊角落，然後再加一板，打至她的左邊角落的深處；幸美兩邊奔跑，最後只能把球擊回到網底，再丟一分。

幸美不敢怠慢，隨後憑一個 Ace 發球搶回一分，但之後雙發錯誤，讓坦慈以 40 比 15 領先。

「我要拿下這一局！」坦慈雙手緊緊握住球拍，兩眼閃出熊熊烈火，凝神盯住對方發球。

「不行，我不可以輸！我要以六比零將你橫掃

出局，這樣勝出的話，將會成為我加入網球隊的佳話！」幸美直眉瞪眼，不忿地咬住下唇，鎮定情緒後便拋起網球，豁盡全力發球。

「喝！」坦慈咬緊牙關，反手把強勁的發球以大斜角回敬過去；幸美正手抽擊，打到對方的空地去；坦慈身如燕子，敏捷地跑上迎擊，再次以大斜角打到對面的角落深處。

「可惡！落點竟如此準確！」幸美奮力追逐，伸出球拍把球打回去；怎料坦慈已經上網，朝着來球準備飛擊，她提起球拍輕輕一彈，球撞上拍面後輕巧地跌在地上；幸美來不及提步，小小的網球已經在場區內彈了兩下，幸美呆了兩眼，相反坦慈笑逐顏開，因為她成功得分兼勝了一局，暫以一比五落後。

「厲害！」余村張開雙臂，興奮極了。

其他觀眾大驚失色，不敢相信坦慈不但能夠取下對手的發球局，還成功保住賽事，可是他們都認為坦慈只是苟延殘喘。

接着的比賽，坦慈心無旁騖，整個人完全進入比賽狀態，她不理會場外觀眾的反應，眼中只有網球，她不停地到處奔跑，見球就打，有機會就搶攻，總之網球還沒彈地兩次，她都不會放棄任何一個機會；有好幾次的險球，也是憑她的不死鬥心，奮勇把球救回來；坦慈堅韌的鬥心就像不倒翁般打不死，令幸美感到沉重的壓力，多次犯下不必要的錯誤。

幸美汗流浹背，愈打愈吃力，現在的她要取分，必須扭盡六壬，全力以赴，發揮超高水平才能艱辛地取下一分；相反坦慈沒有急躁，一分一分地將差距扳回來，由一比五的局數追至二比五、三比五，雙方的差距愈縮愈窄，觀眾歎為觀止，漸漸為坦慈打氣。

比賽進行至第九局，坦慈在平分下領先，面對幸美的反擊，她不斷變換球法，順轉球、反轉球、加速減速，完全打亂了幸美的節奏。

「可惡，為什麼會如此難纏？」幸美估計錯誤，雙腳走錯方向，呆若木雞地目送網球彈出場外，她不敢

相信自己會再輸一局。

坦慈自信地舉起勝利的拳頭，她竟然一口氣把局數追成四比五。

「坦慈，加油呀！你實在太棒了！」余村大喊。

玲香和結枝也不甘示弱地大聲吶喊：「幸美幸美，加油加油！」

進入第十局，比賽場上的競爭氣氛熱烈，坦慈由零反擊，令人刮目相看，現場觀眾本來全面支持幸美，但現在已被坦慈的拚搏精神感動，有的更希望她能創造奇跡，反敗為勝。

幸美的發球局，二人互有攻守，分數是 30 比 30 平手，兩人再次在底線抽擊上較量，二人都不敢轉線，互攻對方的大斜線，忽然間，坦慈靈機一動，放了一個下墜球到網前；幸美大吃一驚，連忙搶上，勉強把球擋回；坦慈立即上前打出一記深遠的高緩球；幸美轉身欲救球，但為時已晚，球掉在角落位置再彈出，坦慈得分！

「只差一分就平分！」余村擊掌。

坦慈轉臉看看分牌，發覺自己從後追上，感到不可思議，興奮的感覺驟然湧上心頭。

幸美雖然在局數上領先對手，但氣勢上已然輸給後來居上的坦慈。

「不行！本來我大好形勢，我不能放棄，惟有改變戰術！」幸美目光如劍，提手拋起網球，猛地將球打向坦慈的一邊角落，然後立即上網；坦慈發現她的發球並不特別厲害，加上她已經上網，故此決定打一記直線穿越球。

「碰！」的一聲，網球越過幸美的拍邊，再清脆地打在地上。

「贏定了！」坦慈信心十足地握緊拳頭。

「出界！」司線員大喊一聲，原來網球落地的位置僅僅擲在單打邊線外的位置上。

坦慈的直線球出界，失分令幸美追至平手 40 比 40。本以為追成五比五局數的坦慈，怎料功虧一簣，

即時冷卻亢奮的心情。

幸美大難不死，再度發球搶攻；亂了陣腳的坦慈，就像失去了比賽節奏，打得不夠狠勁；幸美立時搶回比賽節奏，搶攻得手，再添一分，幸美在平分中領先。

坦慈的鬥心瞬間消失得無影無蹤，她告訴自己要尋回比賽節奏，可是她找不回之前追上來的那份決心和狠勁。

「不行，失去了爭勝的決心就無法取勝了！」余村心急如焚。

幸美一下如猛虎般的正手抽打，網球剛好掉在對方的底線上；坦慈奮身撲去迎救，豁盡全力伸出球拍，大喊一聲：「呀！」

「砰」的一聲，坦慈整個人躺在草地上，網球拍勉強觸碰到綠色的網球而反彈出去，可是力度不足，網球無法過網，在坦慈的場區上彈了兩下，便乏力地躺在地面。

!
呀！！

「Yeah！贏了！」幸美捏一把冷汗。

坦慈看着網球冷冷的掉在地上，她的心也跟着墜落。輸了比賽，那就代表失去加入網球隊的機會！坦慈覺得這是她一手將自己的夢想掃走，從前的她抱怨父母不支持她，可是實際上，她根本無能力擁抱這個夢想，她不自量力，卻在怨天尤人！

「我沒用，我什麼都做不來！」坦慈內疚自責，最後她更忍不住伏在地上，咬着下唇，痛哭起來。這邊的坦慈為落敗而哭，那邊廂的幸美卻跟好友歡呼慶祝，對比強烈。

余村惻然，只差那一點點，坦慈的夢想還是落空。

忽然，一個黑影掩至，一把不徐不疾的聲音響道：「傻女，輸了一場比賽有什麼好哭？」

坦慈抬起頭，本來坐在裁判席上的雷亞楚竟然站在身前，她的眼神溫情脈脈，就像慈祥的母親抱着幼兒流露的神色。

坦慈心口起伏不定，泣不成聲。

「你的比賽是我今天看過的賽事中，最精彩的一場！你在比賽中不斷進步，而且更在零比五落後時，克服了自己的心魔，一口氣去追分，你令我印象難忘！」亞楚咬一咬唇，問：「你真的那麼想加入網球隊？」

坦慈涕淚縱橫地一邊用力點頭，一邊含糊地道：「是！是！」

「好吧！我跟韓教練商量一下，看看可不可以讓你破例入隊？」亞楚斬釘截鐵地道。

眾人一聽，詫異得下巴都掉下來。

好想打網球

風雨成長下的幼苗

明媚的陽光，把仁愛中學的兩個網球場照得耀眼奪目，二十多位新女隊員聚集在球場上，她們三五成羣地討論時裝、音樂、網球等話題。不久，兩個高眺的女子聯袂走進網球場，其中一人是雷亞楚，另外一個女子挺着大肚子，但步伐依然矯健。

「殊！是韓教練和亞楚！」幸美道。

眾人一聽，立即噤聲。

亞楚和韓教練走到眾人面前，亞楚即喊道：「所有新隊員分四行列隊，韓教練有事宣布！」

二十多位女生連忙整齊地列隊站立，她們的視線都落在韓教練那個已懷孕五至六個月的大肚上，往她的臉上看去，卻驚訝她那張神清氣朗的粉紅臉，長髮整齊地束起，額角別一枚太陽花髮夾，更顯秀氣迫人。

「首先歡迎所有新隊員加入網球隊，由今天開始，你們將會接受一連串的訓練。另外，每逢星期六，我們都會舉行至少五場比賽，比賽對手將由抽籤決定，

但你們可以挑戰同級或舊隊員對賽。勝出一場比賽可得五十分，低年班越級打敗舊隊員，可得一百分，一個月後每位新隊員應該至少打了一場比賽，而兩個月後未能累積一百五十分的隊員，將要面臨離隊的命運！」韓教練以左手輕托肚皮，中氣十足地說。

一眾新秀立即議論紛紛，有人嚷叫：「嘩，要在兩個月內得一百五十分，即是要打敗一位同年級的新人以及一位前輩選手，那才可留在球隊！」

「噢，要擊敗一位前輩談何容易？她們都是精英中的精英！」

「唉，那怎麼辦？」

韓教練笑道：「大家不用怕，你們在上星期六的選拔賽中，不是已經勝了一仗嗎？所以你們已經累積了五十分！換言之，你們只要打敗兩個同級的新秀便可達標！」

「噢，豈不是有一半的新人會在兩個月後被『踢』出球隊？」

「那真教人難受！」眾新生七嘴八舌。

「嘿，我們新人當中可不是每個人都已累積了五十分！坦慈，你在比賽中被我打敗，你連一分也沒有呢！」幸美不屑地望向坦慈。

「坦慈，原來你輸了球賽，怎麼還能加入校隊呢？真奇怪啊！」有些新秀並沒有看過幸美跟坦慈的對賽，故此並不知情。

「對了，我們千辛萬苦勝了一仗才能加入球隊，你什麼都不用做就能加入球隊，那真不公平！」

「你連選拔賽也沒有勝出，即是代表你的實力不外如是，你還是作好離隊的準備吧！」眾隊員立刻跟坦慈站得遠遠，劃清界線，有些還厭棄地看着她，覺得她低人一級，不能跟她們這羣優秀的新生相提並論。

坦慈難堪地垂頭，人言可畏。

「坦慈能夠破例進入校隊，那是因為我向教練請求的！跟你們相比，她的路絕對是難行百倍，因為她沒有再輸的可能，必須在下一場比賽取得勝利，然後再

擊敗一位前輩球手，那才可以在兩個月後留下來！」亞楚站出來，大聲道：「其實除了新人要努力外，我們這班舊隊員也要努力搶分，所以不管新舊隊員，大家都要努力加油！」

韓教練輕搭亞楚的肩膀，笑説：「坦慈跟幸美的比賽確是打得精彩，加上亞楚眼光獨到，故此我破例讓坦慈加入，可是下不違例，而且她在隊中亦沒有任何優待！」

散會後，亞楚走到坦慈的身邊，輕拍她的肩膀，道：「不要管那些閒言閒語，只要可以打網球，不是已經教人興奮嗎？」

坦慈覺得亞楚的説話十分受用，愉悦地抿嘴一笑。

「來吧，我跟你一起練習，上次我看過你打球，發覺有些地方可以改善！」亞楚把坦慈拉到一旁：「我發覺你打球的力量不夠強勁，我想那是因為你集中用手指的力量，你應該運用全身的力量把球拍推壓出去！」

坦慈疑惑地瞇起雙眼。

「就像你搬動一件物件時，若只用雙手的力量，那就會很吃力，相反若你運用全身的力量就會輕鬆得多！揮拍打球時，若果你能用上全身的氣力把球推壓出去，威力將會加倍！」

坦慈如頓悟般睜大眼睛。

「不要畏首畏尾，也不要擔心球會出界，必須放膽豁出去打球，那樣才可處於上風！」亞楚雙手插腰，英姿颯颯，不怒而威。

這天，亞楚集中鍛煉坦慈的發球技術，她鏗鏘有力的指導說：「發球是網球比賽中最有效的武器！即使你發球未能直接得分，但若能於發球後處於主導位置，那就容易控制戰局！你發球給我看！」

坦慈張開雙腳如肩寬，雙眼凝視對面的發球區，左手臂伸直，球往上拋出，她的右肩旋即轉出一個圈，當她的球拍跟手臂形成一條直線時，她瞬即擊球，球拍再順勢向前方揮出，整套動作一氣呵成。

「你的發球姿勢優美極了！」亞楚豎起拇指。

坦慈暗呼一口氣，她費盡心神學習這個發球動作，單單是右肩的旋轉都已跟余村反覆練習過千百次，幸好最終得到師姐的認同。

「美中不足的還是力量不夠，你要留意球拍在肩上時，體重就在右腳，但當球拍向上揮起時，體重要移至左腳，同時拍球的一刻，要將全身的力量倚附在那一點上，然後如猛虎般揮撲出去！那種威力足以叫人聞風喪膽！你看過威廉斯姊妹（兩人同是美國職業網球員，屬「力量型」球手，曾先後排名世界第一）的發球吧！你要多多向她們學習！」

坦慈愉快地點頭，有模仿對象比空想實際得多。

亞楚隨後再傳授坦慈各種發球類型，如側轉發球、順轉發球、平飛球等等，之後她要求坦慈由實際的發球位置，利用各種發球打向中央、兩邊等位置，每種發球分別練習過百次，而且位置必須精準才算數。不知不覺間，坦慈在余村和亞楚兩位教練的悉心培育下，網球技巧正急速成長，本來她好像是瘦弱的小樹苗，在不斷吸收充足的養料後，漸漸變得茁壯。

一連數天，亞楚都抽三十分鐘跟坦慈練球，雖然坦慈感到榮幸，可是也有點受寵若驚。

趁着休息時間，坦慈鼓起勇氣問：「亞楚師姐，是不是我在網球隊內成績最差，所以你要單獨教我，提升我的水平呢？」

亞楚嫣然一笑，道：「我是被你那句『真想永遠這樣握着球拍打球』而打動呢！」

坦慈大感意外。

「跟你打球，你眼裏的那團火就像不斷燃燒，我知道你是真心喜歡打網球，這點跟我十分相似！我小時候網球打得不好，可是一拿起球拍，便有種如魚得水的暢快感覺！」

「其他隊友不是也都因為喜歡網球而來打球的嗎？」坦慈問。

「網球隊內競爭劇烈，令到不少人的心變了質，她們拚命打球，只是為了攀登排行榜上更高的名次！對我而言，打得好不好並不重要，正如我曾向你提及的那套電影《烈火戰車》，片中說到運動能創造個性、培養勇氣、責任感、領導才能以及忠誠的精神！網球運動也不例外，它着重互相尊重以及在和諧的氣氛下進行，而且網球比賽是場漫長的消耗戰，尤其單打項目，你必須孤軍作戰，而且要在整場比賽中不停調整心態，勝不驕、敗不餒，同時，面對任何困難都不會動搖對網球的熱情，這就是網球的真諦！」坦慈為亞楚堅守的意志而動容。

「在這裏你要慎言慎行，別被人影響，時刻保持對網球的執著與堅持！」亞楚握緊球拍，笑道：「別躲懶了，快來練球！」

亞楚跟坦慈在網場上打球，卻有人在場外虎視眈眈，這人正是幸美。

「我打敗了蒙坦慈，為何亞楚反而對她特別提攜？」幸美喃喃自語，不忿地緊握拳頭。

亞楚是隊中明星，她的一舉一動都引人注目，她一意孤行地讓坦慈破例入隊、替她解圍、為她進行特訓等等的一連串舉動，令隊中不少人妒火中燒。

嘉莉忽然站到幸美的身旁，輕聲道：「這就是了，亞楚師姐分明不給你面子，要你好受！」

「啊，嘉莉師姐，我不是這個意思……」幸美想不到剛才的説話被嘉莉聽到，不禁尷尬地熱紅了臉。

「你討厭的人我也不喜歡，我們的立場可是一致呢！」嘉莉盯着她，抿嘴一笑。

幸美意外得張大嘴巴。

每星期逢一、三、五，女子網球隊都會進行訓練，時間密集，可是坦慈卻十分享受，亞楚加上余村

輪流跟坦慈練球，令她如同活在網球的世界之中。同時，坦慈感到神妙的地方，是她從來都不愛上學，可是現在因為網球的關係，她愛上上學，連上課也感到精神奕奕，變得比從前更專注。她為自己訂下溫習時間表，小息及午飯時做功課，每逢星期一、三、五參與網球訓練後，便到補習班複習做功課，逢星期二、四則先做好功課，再跟余村打球，這種有規律且充滿趣味的生活，是她夢寐以求的。

可是家人對她早出晚歸、經常不在家及沉迷打網球的異常表現感到不滿及擔心，雖然坦慈曾向她們保證打網球不會影響學業，可是媽媽還是感到猶豫，依然勸止她繼續打球，坦慈感到無奈及灰心，留在家裏的時間變得更加少。到底怎麼樣才能向父母證明，她堅持打網球是有益處的呢？她經常反問自己。

不過打網球實在給她很大的快樂，對坦慈來説似乎有點不真實。她漸漸感到網球隊內的氣氛有點怪異，但她又不清楚到底哪裏出現問題。

這天放學後，坦慈如常到更衣室準備訓練，當她甫踏進更衣室，便發現幸美等一班新秀也在裏面，她們本來圍在一塊竊竊私語，但一看見坦慈，便立即噤聲。坦慈向她們點頭微笑，她們卻視而不見，拿起袋子逕自離開，當中還有人用力地撞坦慈的肩膀，但那人沒有道歉，便越過她走了。坦慈閉上眼睛，吸一口氣，當作沒事發生，忍氣吞聲，照常更換球衣球鞋。

「或許是我太被動太沉默了，我應該主動一點跟她們打好關係。」坦慈自我檢討。

另一天，坦慈在飯堂碰見幸美及一班新秀在靠窗的圓檯處吃午餐，她們高談闊論，笑聲不絕，坦慈明知自己與她們格格不入，但為了修補關係，她也硬着頭皮提着托盤，走到那圓檯的空椅子旁，怯怯地問：「我可以坐下來嗎？」

幸美厭惡地盯了坦慈一眼，看着同伴道：「真是倒胃口，這頓飯真是吃不下嘛了，我們還是到別處慢慢聊吧！」

「拍」的一聲，幸美雙手用力拍檯站起，其他同伴也即時推開椅子站起來，只剩下一桌子的肉醬意粉、炸雞腿、芝士餅及薯條。

「你一個人慢慢吃吧！」有人輕佻地說。

「啐，她才不會一個人，她可以叫大靠山亞楚師姐跟她慢慢吃啦！」另一人附和。

坦慈看着她們一個一個負氣地離開，叫她尷尬不已，坐下來不是，到別處坐又不是，只怪自己的舉動打擾了別人。

集訓後，坦慈獨自留下來沿着球場跑圈練氣，她知道必須加強體能，才能應付艱巨的比賽。直至晚上八時，累壞了的坦慈才到更衣室梳洗，她站在鏡前梳頭。

過了不久，鏡中映出兩個人影，一個是許幸美，另一個卻是師姐馬嘉莉。從鏡中倒照下，二人神色不友善，嘴角似笑非笑，坦慈感到不寒而慄。

「我以為是誰，原來是亞楚最新的寵物犬！」嘉莉揚高聲音說：「這隻寵物犬可厲害了，破天荒打敗仗也可入選校隊，而且更得到亞楚的特別優待，真令人羨慕！」

「這就是了，討厭！」幸美附和道。

嘉莉跟幸美站在坦慈的身後圍住她，嘉莉湊近坦慈的臉龐，厲色道：「你連選拔賽也勝不了，只懂攀附權貴，你知道網球隊內每個人都是真材實料的嗎？惟獨是你——不是！」

坦慈怦然心跳，害怕得雙膝發軟。

「你真是個不要臉的女生！」幸美在坦慈另一耳邊厭惡地道。

「若然你真有本事，根本用不着靠雷亞楚的關照，好好憑自己的實力爬上來吧！」嘉莉狠狠地瞪着坦

慈，旋即轉身走開。

「你好自為之！」幸美緊隨嘉莉走出更衣室。

當她倆離開更衣室後，坦慈的情緒立時崩潰下來，她蹲在地上掩着臉孔，感到前所未有的委屈和難堪。

「難道我真的不應該加入網球隊？沒錯，我贏不了比賽，憑什麼留下來？亞楚、余村，我應該怎麼做？請告訴我……」坦慈情緒波動，忍不住哭了出來。

當嘉莉和幸美意氣風發地從更衣室走出來的時候，在門口碰上甘露，甘露疑惑地看着嘉莉二人，嘉莉和幸美大吃一驚，三人的目光相互交換，空氣霎時凝固。

在一間燈光陰暗，到處擺滿妖魔鬼怪道具的餐廳內，嘉莉和甘露坐進一艘海盜船內，靜靜地吃着鐵板餐。嘉莉着幸美先行離開，剩下她跟好友甘露一起晚膳。甘露看着嘉莉若無其事地以刀叉切開雞扒，禁不住搖頭歎息，問：「為什麼要這樣對待坦慈？她只是一株幼苗，何苦要將她蹂躪？」

「坦慈得到雷亞楚的特殊關顧，已令到一眾新秀對她又妒又恨！我當然不是因為這樣而惱恨她。」嘉莉淡淡的把一塊雞肉放進口中嘴嚼。

「我就是不明白！我理解幸美這夥新秀討厭她的原因，但我就是想不出你為什麼要跟幸美聯成一線對付她？」甘露攤開雙手，對眼前的蒜蓉豬扒提不起興趣。

「難道你沒有看到坦慈跟幸美的選拔戰嗎？當天的坦慈只是學習了一個月的網球而已，而她幾乎可以擊倒這個球技不賴的幸美，可想而知她的潛能深不見底，而我相信亞楚也留意到這點，故此刻意栽培她，所以坦慈的技術只會愈來愈厲害！你想想，坦慈若要留在校隊，她就必須擊敗一個前輩球手，當中有可能是你或我，而亞楚最清楚我們的強弱，坦慈為了打勝，她定必會向亞楚套取資料的，到時有難的只會是

我們！」嘉莉雙眼深邃，詭異得就像她身後吊在半空中那人頭蛇身的怪物。

「她真的有這麼厲害？」甘露打了個冷顫。

「難道你願意看到新人將我們這班舊人擊倒？輸了的話，我們顏面何存？亞楚當年憑中一的身分連續擊敗三個前輩師姊而轟動全校，正式開創亞楚的『網球皇朝』，而且一直維持至今！現在這個蒙坦慈充滿當年亞楚的影子，我必須將這未成大器的坦慈剷除，留在網球隊的只可以是一些沒用的飯桶！」嘉莉激動地以緊握刀子的拳頭，狠狠地搥打桌面。

各有所思

「借過！」坦慈匆匆擦過同學身邊，滿臉大汗往樓梯向下跑，她並不是趕時間，因為她已經在七層的樓梯來回跑了兩遍，她只是心情紊亂，想藉着亂跑一通來發泄鬱結。

「嘉莉師姐說得對，我沒資格留在網球隊，我技不如人，只是在亞楚的裙帶關照下才得以留下，我沒用！」她跑到地面，再胡亂地在校園四處奔跑。最後，她累了，雙手靠在欄杆上喘息。

「可是，我真的很喜歡打網球，難得有這個機會，我真的不想就此放棄！」坦慈心裏明白，其他隊員如冷箭的眼神和冷嘲熱諷才是最大的障礙，她痛恨被孤立、被排斥，感到自己猶如外星人。

「網球隊不歡迎我，難道我就這樣回家休息？不！媽媽正想我放棄網球，我要證明給她看，我跟妹妹是各有所長的！」坦慈抬頭，眼前一亮，原來她不自覺地到了操場。

現在正是短跑選手試跑一百米，剛巧「劉翔」站在第二線跑道，他抬頭挺胸，專注地望向前方，自信感貫注全身；坦慈內心一陣甜美，又發覺自己太放肆，尷尬地別過臉兒，趁機吸一口氣，驟然又感到捨不得，禁不住抬頭繼續偷看。

「嗶！」哨子聲一響，各條線道的選手立即提步起跑。

「劉翔」從容不迫地起步，他的起跑比眾人略遲，可是他一步一步的加速，不一會已經追了上來，他的臉部肌肉繃緊，有節奏地一呼一吸，雙臂奮力前後擺動，肌腱發達的大腿發揮爆炸性的威力，他衝、衝、衝，像一架極速的跑車，傲然地在公路上飛馳電掣，他愈跑愈快，把一眾對手超越，再咬緊牙關，挺胸壓過終點，贏了！

坦慈忍不住站起拍手叫道：「太棒了！」

其他選手連忙上前恭賀「劉翔」，但「劉翔」沒有激動的表情，只是處之泰然地跟他們拍拍肩膀。金黃色的陽光灑在「劉翔」的身上，他結實的肩膀上汗珠點點，令他更加熱力四射。

坦慈凝望着「劉翔」，心道：「真想跟你一起携手衝線、一起站在最高的頒獎台上領獎！我感到好像是你叫我來看你衝線的，你叫我繼續努力，為夢想全力衝刺！看到你渾身充滿力量，使我已耗盡的力氣再次恢復過來！我不能夠認輸，我要繼續打網球！」

坦慈懷着興奮的心情到達網球場，慌忙地在韓教練面前報到，她滿臉喜悦，大聲道：「韓教練，對不起！我遲到了！我會另外多做體能運動，彌補我遲到的過失！」

韓教練微笑，輕輕叱道：「下次再遲可要受重罰啊！剛才已進行抽籤，這個星期六，你將會跟另一新秀張翠凝進行單打比賽，這場比賽對你十分重要，因這比賽一輸掉，你便要離隊，所以你必須加倍努力！」

坦慈的笑容僵住，想不到挑戰接踵而來，差點教她吃不消。

星期四的晚上，坦慈和余村照常在私人的網球會所內練習。他們在休息時坐在球場上喝水聊天。這夜月光如水，繁星閃爍，夜空如詩如畫。

「後天的比賽你只要放鬆心情，豁出去奮戰到底，那就一定勝出了！」余村語調激昂。

「若是由你代我應戰，那就真的能勝出了！」坦慈鼓腮道。

「運動員都會散發出一種獨特的自信，而你正正缺乏，相信我，只要有信心，你便是球場上的巨星！」余村豎起姆指，換轉語氣道：「來吧，我們來練習增強自信的方法，雙手放在膝上，閉上雙眼。」

坦慈依照余村盤坐地上的模樣，雙手放於膝上，合起雙眼。

「呼吸要均勻，心情要放鬆……五四三二一，充滿信心的蒙坦慈，出發作戰去吧！」

「哈！」坦慈忍不住笑。

「嘿，你一點都不認真！」余村皺起眉頭道。

「不如說說你的故事吧！你……你有女朋友嗎？」話出了口，坦慈才驚醒自己說錯了話，平日的她沉默寡言，可是面對余村總能敞開心扉，暢所欲言，為什麼會這樣的呢？

余村呆了一會，搔搔頭皮笑道：「以前我每天上學，總會賴牀的，可是為了她，我每天努力爬起牀，就是為了見她！」

坦慈感到心口一陣刺痛，她寧願聽到余村不在乎地說：「我？我沒有女朋友！」

「最初我是在巴士上遇見她的，她有一雙憂鬱的眸子，她總是專注地打量着窗外風景，我經常猜想她的心裏到底在想什麼？」余村瞇起雙眼傻笑，彷彿回到那甜蜜迷人的時刻……

那天東方發白，空氣清涼，之前放暑假時；慣了賴牀的余村，在候車時仍像沒睡醒般，閉上眼睛打瞌睡。

「乞嚏！乞嚏！」站在前面束了盤髻的女生一連打了數個噴嚏，喚醒睡眼惺忪的余村。

巴士到達後，她選擇坐在下層最後排的長椅上，余村就跟着她坐在長椅上的另一端，他閒着沒事幹，轉臉盯着那女生，發覺她側着臉閉上眼睛，露出痛苦的樣子，不久，她的淚水悄然流下，余村的一顆心在這一刻突然凝住了。

後來，一位高大的男生上前，告訴她頭上有飛蛾，把她嚇個半死，再替她趕走飛蛾，女生那狼狽傻氣的樣子從此刻在他的心頭……

余村眨眨眼睛，轉身看看身邊的坦慈，三年前的她跟現在的她，仍然把頭髮束起，可是當日那張稚嫩臉孔已然成長，現在的雙眼更添憂鬱，像藏着千言萬

語；坦慈正在發呆，想像余村心中女神的模樣，她必定貌若天仙，心地善良。

余村苦笑，決定保守這個祕密，他知道坦慈有心上人，還經常獃在田徑場上打量那人的一舉一動。余村心灰，心想若果當天是他先發現她頭上的飛蛾，還英勇地為她撥走的話，她所喜歡的人又會不會是他呢？

坦慈愁眉深鎖，她跟余村關係微妙，她有暗戀對象，他也有喜歡的人，可是二人走得這麼近，在她遇到困難的時候，余村總在身旁，他對自己既關懷又體貼，好像已經超越同學或者球友的關係，她留戀這一切，也喜歡跟他走在一起，可是她更希望身邊的他是「劉翔」，這種感覺欲斷難斷，似甜又苦……

「對了，我想別再浪費時間跟我打網球，不如花點時間陪她吧！反正我已經加入網球隊，加上球隊又有訓練，我不想耽誤你的時間！謝謝你一向以來的教導，我一定會努力打好網球的！」坦慈垂下眼簾，決

定放棄這段關係，畢竟她的夢想是全心全意地打網球，以及跟「劉翔」携手「衝線」。

余村若有所思地道：「好吧！以後我們不再練習，你也要努力打網球啊。」

既然有些東西無法捉緊，惟有放手……

恬靜的晚空下，兩人輕描淡寫地告別，他們心知經過這夜，他們將不能再像往日般，一起在這裏無憂無慮地打網球。或許早一點分開，便能將離愁別緒的感覺減到最輕。

詩情畫意的月光，照不出他倆的愁腸百結。

用實力去證明

星期六天朗氣清，幸美等一眾新秀到達網球場，她們滿心期待翠凝跟坦慈的比賽。

「翠凝打敗坦慈後，不但可以累積到一百分，更重要的是可以攆走坦慈，真是大快人心！」

「是的！這個只靠拉關係的坦慈，早就不該留在球隊內！」

「但願我的對手就是坦慈，那麼我便可以輕鬆取勝！」一羣新秀喋喋不休。

「喂，你們也別太小看這個坦慈，亞楚苦心栽培的新人可不是省油的燈。」背後傳來一把女聲。

眾人轉身，發現是師姐嘉莉和甘露，立即跟她們打招呼。

「翠凝要贏得這場比賽，絕對要施展渾身解數呢！」嘉莉說。

「嘉莉師姐也如此看重這個坦慈？她根本沒有資格留在網球隊內！」有人語氣中充滿不屑。

「是否有資格就留待這場比賽之後才下定論吧！」

甘露笑道。

在更衣室內，氣氛出奇地沉寂，坦慈換上運動套裝，擱起右腿結着鞋帶，內心猶豫不安。

「如果這場比賽輸了，我便要退出網球隊……翠凝的實力到底如何？我可以跟她一拚嗎？」坦慈搖頭歎息。

「你害怕嗎？」

坦慈抬頭，亞楚不知何時走進來，她坐在坦慈身邊，一臉輕鬆：「沒什麼好擔心呢！只要全心全意地打球，好好享受這場比賽就行了！」

坦慈的心情稍稍穩定下來。

「我會在場邊支持你的，努力！」亞楚拍拍她的肩膀，轉身走出更衣室。

坦慈的心情立時感到舒暢，腦海浮出「劉翔」滿載激情地衝線的一幕，耳邊卻響起余村的說話：「只要放鬆心情，豁出去奮戰到底……相信我，只要有信心，你便是球場上的巨星！」她緩緩閉上眼睛，均勻地呼吸，肩頭放鬆，全身肌肉也隨之鬆弛，忽然間，她感到心靈澄澈。沒錯，就是這種感覺！她睜開眼睛，慢慢站起，緊握球拍，昂然踏出更衣室。

熾烈的陽光下，坦慈再次踏上綠油油的草地球場，她感到煥然一新，數月來的努力不能毀於一旦，她告訴自己就算要輸，也要將所學的本領發揮得淋漓盡致。

比賽開始，坦慈首先發球，她左手持球準備發球時，想起亞楚的教誨：「若果你能用上全身的氣力把球推壓出去，威力將會加倍！不要畏首畏尾，也不要擔心球會出界，必須放膽豁出去打球，那樣才可處於上風！」

坦慈的雙眼變得堅定，向着對面的對手翠凝輕道：「領教了！」

她把網球向上垂直拋到空中，右肩旋轉，伸直手

臂，並大力揮動球拍，拍球時她將全身的力氣也豁出去。

「喝！」坦慈猛吼一聲，網球便如砲彈般從空中彈飛出去；她的發球快如雷劈，擊打到對方的右方發球區的角落，再彈飛出場外，為一記 Ace 球。

坦慈感到不可思議，她完全想像不到自己的力量和速度竟會增強到這種地步，這一記發球猶如一支強心針，讓她抖擻精神，安心地在餘下的比賽全力進攻。

翠凝驚訝得張大嘴巴，心道：「她……就是坦慈？怎麼如此厲害？」

嘉莉、甘露、幸美等人瞪大雙眼，感到不能置信。

「沒錯！就是這樣，真的痛快！」亞楚滿意地點頭。

比賽一直進行，翠凝完全受制於坦慈搏殺式的發球，另外，坦慈的底線正手抽擊也把對手打得落花流水；加上她的戰術運用得宜，迫使翠凝前後左右地走動，將其步伐緩慢和氣力不繼的缺點表露無遺，不消二十分鐘，坦慈已遙遙領先對手五比一的局數。最後一分，坦慈反手揮拍，如像丟擲飛盤般瀟灑利落，把球擊打至對方的右角底線，站在左角的翠凝全無招架之力，呆站着宣布投降。比賽結束，坦慈以局數六比一的無敵姿態擊敗對手。

「Yeah ！」坦慈歡喜得拋開球拍，為自己的首場勝利鼓舞。

嘉莉、甘露、幸美及一眾新秀隊員震驚得無話可説，短短數星期的坦慈進步神速，她的技術全面、力量宏大、自信十足，今天的她已然脱胎換骨。本來被人冠以「沒資格留在網球隊」的她，竟以狂風掃落葉的超強姿態大勝對手，她不只證明了自己的實力，還教那些看不起她的人説不出話來！在旁虎視眈眈的嘉莉，呢喃道：「這個坦慈果然不容忽視，可惡！我絕對不許這個黃毛丫頭超越我！」

嘉莉抬頭，天上白雲飄拂，她的心思也跟着浮雲飄到小學六年級的歲月裏……

上課的鐘聲響起，坐在嘉莉身邊的同學雀躍地道：「老師將會派發成績表，相信嘉莉又是全班第一名！」

「嘉莉你真棒！你已經連續好幾次獲第一名，真的羨煞旁人！」

「你們別這樣説啦！媽媽説名次不重要，最重要是吸收知識！」嘉莉燦爛地笑。

「殊！老師來了！」有同學通報，所有人立即肅靜坐好。

穿上一身黑色套裝裙的老師緩緩走進來，同學站起跟老師説早安，老師請同學坐下，跟着將一疊厚厚的成績表抱在胸前，説：「第二次中期考試的成績已經出來了，我們 6B 班的成績不錯，所有同學的總平均分是全校第二，另外，我們還有一位同學取得優異的成績，她的總成績更在全校排名第三！」

「哇！」所有同學紛紛轉身望向嘉莉，嘉莉不禁挺起胸膛頷首一笑。

「這位同學就是我們班的第一名，她就是——劉美琪！請各位同學熱烈地為她鼓掌，以示支持！」老師大力拍掌。

嘉莉張大嘴巴，「劉美琪」三個字就像一盆冰水出奇不意地潑倒在她身上。

雖然同學都感到意外，可是也起勁地拍掌，當中更有人大聲叫喊：「劉美琪，好啊！」

「劉美琪，老師有份小禮物送給你！」老師從口袋中取出一個小巧精緻的禮物盒，把它送到劉美琪的手中。

嘉莉狠狠地咬着下唇，她多麼努力地温習，把所有題目都背得滾瓜爛熟，為何最後什麼都得不到？

小息時，所有同學都圍着劉美琪團團轉，不是稱讚她便是向她請教家課，剩下嘉莉在一旁。她不只被人搶去全班第一的銜頭，連掌聲、禮物、榮譽、朋友統統都失去了。

嘉莉握緊拳頭，心存怒火：「我不要從高處掉下來，我不要輸！我不許任何人超越我！」

「喂，嘉莉，你幹麼站在這裏發獃？」甘露輕拍嘉莉的肩頭。

嘉莉如夢初醒，看見坦慈正在網球場上跟翠凝握手，道：「甘露，我痛恨輸的感覺，從今日起，我要加緊特訓，提升我的實力！」

甘露眼睛一睜，道：「我一定支持你！這樣吧，以後我用手提攝錄機將你打球的影像拍下，待練習後翻看自己的打球動作，這便有效改善自己的不足之處！」

「這提議不錯，就這樣做吧！」嘉莉雄心萬丈地緊握拳頭。

晚飯後，余村相約弟弟到私人網球會所打球。沿

路上，余村一反常態，表現沉默，心事重重。

「你跟那個盤髻的女孩進展如何？」弟弟問。

「什麼？」余村心不在焉。

「上次我們約好打球，經過這裏時，有個盤髻女孩伏在那幅牆壁哭泣，你着我先行回家，然後又要我致電找你，說什麼今晚不來打球之類的說話，你不是要追求她嗎？」弟弟笑道。

余村發覺這裏正是坦慈家的樓下，當天為了結識坦慈，硬要弟弟替他演一場戲，可惜到頭來還是一場空，他苦笑：「已經告吹了！」

「哈哈，哥哥要努力點才行呀！」

「你還敢笑我？」余村搥打他的肩膀一下。

余村抬頭仰望那燈火閃閃的高樓，猜想坦慈是否正在家裏，抑或在某間餐廳跟好友慶祝首場勝仗？在她心中的一角，會否有數秒時間惦記自己呢？

「今天她贏了比賽，取得寶貴的五十分，終於可以名正言順地成為網球隊的成員，她……能夠夢想成真，比我更重要。」帶着深邃目光的余村輕聲細說。

8 勢孤力弱

這天早上陰雲密佈，雨絲連綿，坦慈撐着雨傘上學。她勝出首場比賽，興奮得幾乎睡不着；她買了一份小禮物，準備送給亞楚以表謝意。

坦慈來到最高層的教室找亞楚，她四處張望，不見亞楚。一個戴方形眼鏡的女生走到坦慈跟前：「你好，我認得你，你是亞楚的愛徒坦慈，我叫彩雲！昨天我跟亞楚一起觀看比賽，你打得很好哩！」

「謝謝！我想跟亞楚師姐道謝和送她一份禮物……」坦慈道。

「……亞楚要退出網球隊了！」彩雲惋惜地說。

「什麼？她不是說過要打網球直到畢業的嗎？」

「昨晚我跟她通電話，她家裏出事了！……亞楚生於單親家庭，她媽媽為了照料三個子女的起居飲食和供書教學，早晚為三份工作奔波，昨天她媽媽終於熬不住暈倒街上，給送進醫院，所以她今天請了假照顧媽媽。」

坦慈掩住嘴巴，她想像不到亞楚的身世如此坎坷，可是她並沒有因此自怨自艾、天天喊着上天不公平，反而自強自愛，成為校內一位優秀的人才。

「亞楚決定放棄打網球，利用那些時間替人補習，賺取金錢減輕媽媽的負擔。」彩雲續説。

坦慈唏嘘歎氣，想不到自己正式入隊的一刻，卻是亞楚離隊的一天，她只好將禮物交給彩雲，請她轉交亞楚。

下午的網球隊訓練，韓教練召集隊員宣布：「雷亞楚因着家庭問題，暫時退出球隊，但我們隨時歡迎她歸隊。另外，亞楚現在還領先第二位的馬嘉莉三百多分，故此她的積分仍然會保留，直至被其他人超越為止！」眾人面面相覷，各有心事。

嘉莉忍不住開腔：「亞楚是隊長，她暫時離隊，但隊長一職卻不能懸空，請問誰人接替這個職位？」

韓教練呼了一口氣，臉有難色：「我本來打算在放產假時，由亞楚兼任我的工作，可惜亞楚突然離隊，故此隊長人選必須慎重考慮！當我物色到合適的人選時，自會盡快公布！」

嘉莉緊握拳頭，心有不甘。

陽光照在落地玻璃窗，閃閃生光，窗後有數張色彩斑斕的圓形餐桌，嘉莉、甘露和幸美三人圍在一起吃下午茶，桌上滿是汽水、漢堡包及炸薯條。

「嘉莉，隊長一職懸空，你有什麼看法？」甘露問。

「哼！」嘉莉負氣地推開臉前的托盤。

「依我的看法，隊長一職順理成章應由排行榜第二名的嘉莉師姐擔任，可是韓教練表示要懸空職位，那即是説她對嘉莉師姐的實力有所保留，我看她心中另有人選！」幸美將蘸滿鮮茄汁的薯條放進口中。

「這就是了，到底誰是韓教練心中的合適人選呢？」甘露望着嘉莉問。

「我怎麼知道？」嘉莉忿忿不平地將臉別開一邊。

「韓教練一向信任亞楚，而亞楚如此鍾愛坦慈，她會否愛屋及烏，向教練大力推薦坦慈成為下一任的隊

長呢？」甘露悄聲問。

幸美呷一口汽水，惟恐天下不亂地臆度：「哦，上次坦慈大比數勝出，或者已令教練對她另眼相看！」

嘉莉道：「坦慈只是新秀，要擔任隊長言之過早！不過這個坦慈絕對是個威脅，我們要安枕無憂，必須團結一致！」甘露和幸美凝神望着嘉莉。

「現在亞楚不在隊內，坦慈勢孤力弱，正是對付她的好時機！」嘉莉冷冷地道。

亞楚離隊後，網球隊頓時失去了一位重心人物，各人對隊長的地位虎視眈眈，球隊不日內改朝換代，令球場內外悄然風起雲湧。

連續兩個星期，隊員照常出席訓練，表面上沒有異樣，可是暗地裏卻流傳着一個謠言。

在更衣室內，數位新秀正在說三道四：「她從前有亞楚關照，現在又勝了一仗，還不目中無人？」

「聽說她到處跟人說，亞楚是教練的恩人，沒有亞楚，教練的飯碗難保！現在沒有亞楚，隊內又沒有其他好球手，惟一倚靠的就是她這顆明日之星！」

「哼，夜郎自大，她哪裏能跟亞楚相提並論？簡直不知所謂！」

就在這時，坦慈推開廁門走出來，數位新秀轉頭一看，發現是坦慈，立即慌忙拿起袋子離開更衣室。

坦慈走到盥洗盤洗手，望着鏡中的自己問：「到底她們在說誰呢？難道是……」

坦慈走出更衣室，甫踏進網球場，腹大便便的韓教練立即召她到跟前，在眾人面前質問她：「昨天你為何不出席訓練？」

「昨天是星期二，不是沒有練習嗎？」坦慈疑惑地反問。

「我說過你們這班新秀需要增加訓練，所以昨天的特訓是專為你們而設的！那張通告我已經發給每班其中一位隊員，你是 F.3D 班，通告應該交給了許幸美，她沒有給你看嗎？」韓教練問。

「韓教練，我已經轉告她了，是她沒記性罷了！」

幸美急不及待舉手說。

「啊，你什麼時候——」坦慈不能置信地睜大雙眼。

「韓教練，幸美真的已經通知她，我當時也在場！」嘉莉插嘴道。師姐嘉莉出面作證，坦慈還有什麼可說？只見她倆面目猙獰，張開眼睛說謊話，坦慈無法自辯，只好緘默。

「可能有人覺得自己是亞楚的愛徒，連韓教練的說話都聽不進耳了！」人羣中不知誰人說了這一句話。

教練一聽，臉有慍色，喝道：「所有隊員聽清楚，網球隊最講求紀律，隊員必須服從教練命令和準時出席練習！坦慈，你曾經有遲到紀錄，另外你昨天缺席訓練，故此今晚由你來負責清潔場地！我會吩咐清潔的嬸嬸今晚不用來打掃，所有清潔工作由你來擔當，不能馬虎，明白嗎？」

坦慈垂頭應道：「明白。」

其他隊員不禁得意忘形，抿嘴一笑。

沒有勝方的罵戰

另一天的練習日，坦慈準時來到球場，跟其他隊員作熱身活動，之後，各隊員準備訓練。

韓教練伸一伸腰，道：「坦慈，今天你負責替隊員執拾網球，另外，練習後到網球隊辦事處，我有話要跟你説！」

嘉莉跟幸美彼此對望，神情一致地暗笑。

練習後，坦慈跟隨韓教練到辦事處，韓教練坐下，繃緊着臉，坦慈膽戰心驚地站在一旁，好像被罰留堂的小學生。

「最近有傳聞説你變得驕矜狂妄，自認是亞楚的指定接班人，是真的嗎？」韓教練斜視着坦慈。

坦慈大吃一驚，搖頭急道：「韓教練，我沒有……我沒有這樣説過！」

「女孩子最愛爭風吃醋，故此特別多是非。其他小事我一向不管，不過最近有傳言是關於亞楚離隊，對我影響甚大——如果沒有亞楚，我便會被革職。你對

這些話有什麼看法？」教練目光如炬。

「我……不知道……我什麼都不知道！」坦慈手足無措。

「但是我聽到有人說，這些傳言都是你散播的！」

坦慈急得欲哭無淚，忙中辯說：「教練，我沒有！我真的沒有說過這種話！」

「嗯，若然不是你說的，那就最好了！其實我一向疼愛亞楚，我並不介懷那些傳言，只是這些話會影響我跟亞楚的感情，故此我曾經跟某位說三道四的隊員下令，叫她不要再說這種話，可能就是這樣，這些傳言愈傳愈誇張失實，還把我說得那麼小器！無論如何，我只希望隊員守時和投入訓練，你明白嗎？」教練說得輕描淡寫，眉宇間卻透出威嚴。

坦慈離開辦事處後，她哭喪着臉的走在又長又光潔的走廊上，心裏感到委屈難受，她什麼也沒說過，卻被人冤枉，她尊敬韓教練，害怕從此成為她的眼中釘。

這時恰巧有人輕拍她的肩膀，坦慈抬頭一看，是師姐甘露。

「韓教練教訓了你一頓吧？」甘露溫婉地問。

「你怎麼知道？」

「韓教練最討厭聽到亞楚『保住她飯碗』的傳言，她更討厭那些未紅先驕的球員！」

「甘露師姐，我沒有說過韓教練的壞話，也沒有說過自己是亞楚的接班人，請你相信我！」坦慈緊張得抓住她的手臂。

「我相信你……其實這一切都是有人在背後興波作浪，要陷你於不義！」甘露悄聲道。

「為什麼？」坦慈感到難以置信，忙追問：「是張翠凝嗎？是因為我在比賽上打敗她嗎？」

「張翠凝只是個微不足道的新秀，她還沒有這種力量。」甘露盯緊坦慈的雙眼，認真地道：「想置你於死地的人，正是現今排名第二的馬嘉莉。」

坦慈如遭雷殛，差點失足跪倒在地，想不到嘉莉竟要一直咬着她不放。

「我告訴你這些事，只是想你有着提防，以後做人處事都得小心些，明白嗎？」甘露匆匆轉身便離開。

坦慈心亂如麻地返回課室，坐在椅子上發愁。她整天都心不在焉，垂頭喪氣的熬到放學，拖着疲憊的身軀回家，不吭一聲地便躲進房間。

房間是她跟妹妹坦兒共用的，但是姊妹壁壘分明，姐姐那邊簡潔樸實，放置了淺綠色牀單被鋪、啡色大櫃及白色書桌，桌面放了數本書及一個筆筒，乾淨整齊；相反妹妹那邊色彩繽紛，孿生小天使的牀單，牀上還有一隻巨型的小熊維尼，桌上滿是吉蒂貓的擺設，美不勝收。

坦慈換了衣服後便躲進被窩，不一會即昏昏入睡，睡眠是逃避的好方法，若有什麼難題，睡醒了才算吧！可是她睡得不安詳，夢中的她被一隻黑沉沉的大怪物追趕，她不斷奔跑逃亡，心「噗噗」亂跳，彷彿腳步一停便會被怪物吞噬。

「姐姐，快點起來！」坦兒一手拉起坦慈的被子。

坦慈被明亮的燈光照得睜不開眼，只覺頭部又昏又重，大概是病倒了。

「姐姐，早陣子我參加了徵文比賽，最後竟然獲得第三名！媽媽要替我慶祝，今晚我們一家到名園酒家吃晚飯，你快點起來梳洗啦！」坦兒走到梳妝台前束馬尾。

「我……有點……不舒服……」坦慈聲音含糊。

「我已準備就緒，你別再賴牀了，否則我們不等你啦！」坦兒喜滋滋的拿起橙色的貝殼形手袋走出房間。

整頓飯的時間，爸爸媽媽都圍繞坦兒的作文談論不休，臉頰潮紅的坦慈一直托腮，默不作聲，吃的也不多。

「坦慈呢？你的學校生活又怎樣？」爸爸留意到坦

慈悶悶不樂。

「我……我……」坦慈想把近日在網球隊內遇到的不愉快事情説出來，一時卻不知從何説起。

「她的學校生活除了網球，還有什麼？叫她好好用功讀書，總是不聽！」媽媽斷然地道。

坦慈厭惡地別開臉，決定什麼都不説，把心窗狠狠關上。

回到家後，坦慈服了一粒止痛藥，又爬到牀上睡覺；可是坦兒洗澡後，一邊用布抹頭，一邊打電話，一通又一通的電話，內容都是講述得獎的感受。

坦兒滔滔不絕：「這篇文章寫的是我的真實體會，我真的為那些被遺棄的貓狗感到難受……對了，這次得獎，令我對作文增強了信心……」

坦慈以被子蒙頭，但妹妹刺耳的聲浪就如蒼蠅般在耳邊盤纏不去，令本來心情煩躁的她猶如星火燎原，她忍無可忍，撥開被子，歇斯底里地大喝：「夠了！住嘴！」

這一喊非同小可，握着吉蒂貓聽筒的坦兒呆住了，電話筒的另一端似乎也感不妙，匆忙掛線。

氣得滿臉通紅的坦兒走到姐姐跟前，質問：「你幹麼如此無禮？」

「我需要休息，你可以靜一靜嗎？」坦慈不理會她，翻起被子蓋着自己。

「你實在太過分！你要跟我和我的同學道歉，你起來道歉呀！」坦兒用力把姐姐的被子拉走。

一瞬間，一股莫大的怒氣從坦慈的胸口湧出，她向來討厭妹妹不懂尊重她這個姐姐，她更討厭妹妹一向獨領風騷，氣勢凌人。坦慈埋藏心底多年的委屈怨憤，像沉睡的火山終於爆發，她不顧一切地跳起身，用力摑了妹妹一個巴掌。

「拍！」的一聲，坦兒的臉上即時留下五個炙紅的指印。在大廳的媽媽聽見女兒的房間傳來爭吵聲，連忙推門進來，剛巧目睹坦慈掌摑坦兒的一幕；坦兒發

你起來道歉呀！

現救星，立即撲進媽媽的懷抱，淚如泉湧。

「你幹麼打妹妹？」媽媽鐵青着臉大喝。

坦慈出手打了妹妹後，頓覺後悔，她剛才實在太過衝動，可是此刻不是説聲道歉就可以了事，她必須承擔後果。

「媽媽，姐姐欺負我……」坦兒梨花帶雨，令人我見猶憐。

「你一定是妒忌妹妹了！」媽媽怒不可遏，拿起擱在一旁的衣架衝上前。

坦慈知道要捱揍了，連忙躲到牀上大喊：「媽媽不要！」

「妹妹的作文得獎，你不單不恭喜她，還要掌摑她，你還算是個好姐姐嗎？你連妹妹也不疼，你沒用！你自己不好好讀書，還來妒忌妹妹？」媽媽氣瘋了，胡亂地用衣架打在坦慈的大腿上。

「媽媽不要打……」坦慈肉體叫痛心更痛，她在學校被人排斥、被人針對，捱出病了，回家還要被媽媽打罵，種種折磨實在叫她承受不起，她捂着嘴失聲痛哭：「媽媽……不好……」

坦兒也替姐姐難受，站在一旁無助地哀哭，霎時間哭聲動地，聞者心酸。

這時爸爸衝進來，拉着媽媽的手臂，道：「別打了，慢慢教吧！」

即使媽媽停手了，兩個女娃兒仍然泣不成聲，本來潔淨的房間，一片混亂，就像慘烈的戰爭終於告一段落，大地哀鴻遍野，只有一羣飢餓的烏鴉在上空盤旋低吟。不用說，這場仗沒有勝利者，只有兩敗俱傷。

到處碰壁

翌日早上，坦慈換上校服便離開家門，家裏氣氛凝重，她跟媽媽妹妹的關係僵持不下，為免碰面時不知如何處置，她寧願提早上學。她的大腿已不覺痛，仍然痛的是心中的那個傷口，她感到自己是家中最微不足道的一員，她做什麼都做得不好、什麼都不對、什麼都不是，她是家中的垃圾，想到這裏，她不禁眼眶通紅。

放學後，坦慈沒精打采地走向網球場，她先到更衣室換球衣，當她繫好鞋帶，拿起袋子時，發現有一枝網球拍遺留在長凳上，定神一看，那是一枝十分名貴的網球拍，好像是某位師姐慣用的球拍。

「我記起了，這是嘉莉師姐的，她最愛就是這枝球拍，怎麼會把它留下呢？」坦慈上前拿起嘉莉的網球拍，本想轉頭歸還給她，剎那間卻想到嘉莉對自己懷恨在心，故意針對自己；昨天自己出手掌摑妹妹，多少也是因為她的所作所為而影響了心情。

「這個馬嘉莉實在欺人太甚，她為何要咄咄逼人？」坦慈忿然握緊球拍，她從沒有如此討厭過一個人。

這時甘露走進更衣室，發覺在長凳旁，一個背影呆呆地佇立，她走近一點，發現那人正是坦慈，甘露奇怪地問：「坦慈，你幹什麼發呆？」

坦慈驚醒，轉臉看見甘露，連忙拋下球拍，轉身衝出更衣室去。

「真是怪人！」甘露留意到她丟下了一枝球拍在長凳上，眼睛不禁發出光芒。

甘露拿着嘉莉的球拍來到球場，嘉莉正忙着指導新秀的揮拍動作。

「你的球拍怎麼會遺留在更衣室內？」甘露將球拍遞給嘉莉。

「哦？是嗎？我竟然沒有發覺，真的善忘呢！」嘉莉接過球拍。

「剛才我看見坦慈在更衣室內，鬼鬼祟祟地拿着你的球拍，當她發現我時，神色古怪，且匆忙的丟下球拍走了！」甘露道。

嘉莉心感不妙，忙把球拍取出一看，霎時間，怒容滿面。

「怎會這樣的？」甘露吃驚地掩住嘴巴。

嘉莉的球拍把柄被塗鴉刮花，球拍的網弦被肆意剪斷，拍身扭曲變形，整枝球拍被人惡意破壞，而且是壞到無法修復的地步，可見「行兇者」對球拍主人恨之入骨。

「是蒙坦慈！」嘉莉怒容滿臉，轉身尋找坦慈的蹤影，發現她在球場的一角，二話不説，立即朝着她衝去。

「嘉莉，或許是我搞錯了，你別衝動！」甘露忙上前拉着她。

「怎麼還會錯？」嘉莉推開甘露，用力揪住坦慈的手臂，遞出那枝毀壞的球拍，聲嘶力竭地喝問：「你幹麼弄毀我的球拍？」

坦慈被人強力拉扯，先是一震，看見一枝支離破碎的爛球拍，更是不寒而慄。

「你說！為何要這樣做？」嘉莉不共戴天地瞪着她。

「不……不是我做的……」坦慈的嘴唇震顫。

「你還狡辯？剛才甘露看見你在更衣室內鬼鬼祟祟地拿着我的球拍，現在人證物證俱在，還容你抵賴？」

坦慈望着站在一旁的甘露，無奈地搖頭；坦慈深吸一口氣，這次她百詞莫辯，只有任人魚肉。

這時韓教練聞聲趕至，發覺事態嚴重，避免事情張揚，連忙將嘉莉、坦慈及甘露三人帶回網球隊辦事處。

韓教練了解事情的始末後，皺眉道：「網球隊一直充滿競爭，良性者可以推動隊員進步，惡性者則只有破壞和以打擊對手為目標！這次破壞球拍一事，坦

慈嫌疑最大，若然你願意為球拍賠款，那事情就此作罷！」

「韓教練，這樣豈不便宜了她？她涉嫌刑事毀壞，我可以起訴她！」嘉莉理直氣壯。

「嘉莉你將自己的財物亂放，弄致如此田地，你也有責任！何況現在也沒有足夠證據證明坦慈是破壞球拍的真兇！同時，我不想醜事張揚，只求息事寧人，免得玷污了網球隊的清譽，你們明白嗎？」韓教練盯着嘉莉道。

「韓教練你説怎樣都依你吧！」嘉莉看在韓教練的臉上，決定不再追究。

「這件事我會繼續調查跟進，在這段日子，坦慈暫時不要來網球場，直至另行通知吧！」教練結案陳詞。

嘉莉聽後，嘴角不禁露出勝利的笑意。

坦慈心裏明白，這件冤案大概沒有水落石出的一天，那即是説，坦慈已經被逐出網球隊，罪名是「莫

須有」。

心灰意冷的坦慈感到自己虛弱無能，從加入網球隊的第一天開始，她便面對着種種不同的考驗和挑戰，先是輸了比賽，幸而能加入球隊，卻被人輕視排斥，她默默忍辱、苦練球技，後來終於以實力證明自己，但是努力的付出得不到別人的認同，現在她更跟家人鬧翻、被球隊隔離，落得無處容身的收場，她還可以翻身再打網球嗎？她不敢想像下去！她只想找一個地方讓她好好休息。

她孤苦零仃地在校園內四處徘徊，最後竟不自覺來到學校操場，那裏正有選手在練跑，她心底不禁響起「劉翔」的名字，在這傷心難過的時候，見到一張親切熟悉的臉孔，那真是最好的安慰。她坐在一旁，卻發覺跑道上進行着女子短跑集訓，她感到失望，但仍然期待能碰見「劉翔」。

坦慈四處張望，引頸期待，到處卻只有一張又一張陌生的臉孔，難道愈緊張的人愈難抓緊？時間一分一秒的流逝，始終找不到「劉翔」的影子。她明白今天到處碰灰，「劉翔」是注定遇不上了。

她正提步離去時，有兩個人迎面而來，高大的男生親暱地搭着身旁女生的肩膀，二人卿卿我我，旁若無人。

「這是香芋味道，很香濃呢！你試試吧！」女生將紙包飲品遞到男生面前。

男生伸出脖子，呷了一口那香芋味的飲料。

那男生長長的臉龐、滿是雀斑，正是坦慈的夢中情人「劉翔」，可惜「劉翔」跟坦慈擦身而過，對她視而不見！

一陣冷風隨着「劉翔」飄過，坦慈驀然明白，一直都只有她一個人在做夢，三年的暗戀，原來就像剛才那一陣風般，那樣虛無縹緲！她的心亦像被人硬生生地挖出來，終於無力再支持下去，蹲在地上飲泣。

各顯神通

坦慈被家人誤解、被隊友排斥，連暗戀的人也教她失望……她萬念俱灰，決定放棄自己，每天放學後，她不是在電子遊戲機中心流連，就是跑到海旁看海，她想過找余村，可是之前既然是她主動要求停止見面，現在又怎可找他出來傾訴？她不欲回家，每晚不到十時準不會踏入家門。

晚上十時三十分，坦慈悄悄地開門，躡手躡腳入屋，瞥見爸媽在大廳看電視，聽見媽媽在歎氣。她沒細心打聽便轉入洗手間梳洗。之後，她立即走進房間，妹妹坦兒正在埋首做功課，聽到關門的聲音，不禁轉身，發覺姐姐正在更衣。

「姐姐，你……」坦兒欲言又止。

坦慈不作回應，冷冷地躲進被窩，不理會妹妹，她把自己完全封閉起來，跟媽媽和妹妹的關係，就像長期封存在冰格內的凍肉，僵硬得如石頭。

翌日早上，韓教練回到網球隊辦事處，亞楚暫時

離隊，留下一大堆工夫要她跟進，她真想找嘉莉暫代亞楚的位置，減輕她的工作負擔，可是當日亞楚並不贊成。「嘉莉確實是接任隊長的熱門人選，可是她太過好勝，已經忘了打網球的樂趣，若然她能重拾打球的意義，我是非常贊成她當隊長的，可惜現在不是時機！」這是亞楚臨走前跟韓教練的建議。

韓教練一邊輕撫肚裏的小生命，一邊想：「從前熱愛網球的嘉莉確實不見了，現在的她憤世嫉俗，競爭之心表露無遺！亞楚走後，一向名聲清白的網球隊便發生破壞球拍這種丟臉的事情，只怕同類事件將會陸續發生！坦慈到底是個怎麼樣的女孩？為什麼她會成為眾矢之的？除了亞楚對她另眼相看外，我相信當中必定另有原因，現在她暫時離隊避避風頭也好。」

此時甘露剛剛走來，溫婉地站在韓教練面前，精神煥發地道：「早安韓教練！」

「早。」韓教練笑着回應。

甘露交出一疊筆記，道：「這是由我編寫的新生訓練時間表！我知道這些工作是亞楚從前負責的，自她走後，相信加重了教練的工作壓力。我這樣編排不知道是否恰當，還望你作出修改。」

「嗯，你留下吧，我看看是否適用？」

甘露喜出望外，道：「球隊內的網球也差不多用盡，我已聯絡合益運動公司，稍後他們會把新貨運來，還請教練簽收。」

韓教練揚起眼眉，她幾乎忽略了這些工作，幸好有甘露這善解人意的女生為她分擔，她不禁滿意點頭。

「韓教練，那我先回課室準備上課了。」甘露喜滋滋地走出辦事處。

一連數天，甘露跟韓教練都形影不離，韓教練把不少亞楚從前的工作交她跟進，甘露為人謙虛又聰明，把每項任務處理得頭頭是道，甚獲韓教練欣賞。同一時間，甘露成為隊長接班人之說不脛而走。

嘉莉正在圖書館做功課，幸美坐在隔鄰，她把頭

部湊到嘉莉耳邊輕道：「甘露在上星期六打了一場勝仗，積分已超越你，現在她已正式排在第二位了！」

嘉莉咬着嘴唇，忿然道：「她的積分超過我，那是因為她比我多打了一場比賽而已！」

「所有人都預測甘露將會成為隊長，大家都說韓教練很快便會公布這消息了！」幸美道。

「哼，我這麼勤力練習網球，可是始終得不到韓教練的垂青，為什麼？這個甘露聲稱自己不想做隊長，實則另有籌謀！不行，我不能坐以待斃！」

晚上七時半，甘露手握球拍，提着重甸甸的袋子回家，她帶着厭棄的表情，呼出一口悶氣，用鎖匙打開鐵閘，還沒步進家門，便聽見父親大喝：「我的啤酒呢？不是早叫你買回來的嗎？蠢女人！」

「不好意思，我一時忘記了！甘玉，這裏有一百元，你快替爸爸買啤酒回來！」媽媽緊張地道。

唸中四的甘玉握着鈔票，在門口碰上姐姐甘露，立即拉着她的手道：「姐姐，今天爸爸賭錢輸了，你千萬要小心說話啊！」

「姐姐知道了，你速去速回吧！」甘露走進大廳，只見爸爸脫去汗衣，靠坐在沙發上，露出又白又大的肚皮看電視，兩個比甘玉還小的妹妹則在客廳的飯桌上做功課。「爸，我回來了！」甘露道。

「嗯。」爸爸的眼睛只盯住電視，不望甘露一眼。

甘露生於小康之家，家中一共有四姊妹，她們出生至今，物質生活雖不算豐厚，但總算沒有缺失，而爸爸就是全家的經濟支柱，所以就成為家中大王。

「不知前世做錯什麼！怎麼生下四個都是女的！」爸爸一臉牢騷。

甘露皺眉，爸爸的這句口頭禪，由小至大，她不知聽了多少遍，可是每次聽到都感到難堪。

「蠢女人，快拿花生過來！」爸爸吆喝。

「是！」正在廚房炒菜的媽媽連忙應道。

「媽，讓我拿給爸爸吧！」甘露搶進廚房，搭着媽

媽的肩膀道：「爸爸如此過分，你怎麼還能熬下去？」

「殊，別這麼大聲！唉，媽媽沒用，既沒有工作能力，又不能替他生個兒子，他應該怨恨我的！」媽媽深深歎息。

「媽媽，我答應你，我一定會出人頭地，我不會讓任何人再欺侮我們！」甘露疾首蹙額，眼中充滿怨懟。

翌日放學後，嘉莉立刻來到網球場，她換上便服，戴起頭巾，蹲在地上利用工具將草皮壓平，在烈日下進行這艱辛的工作，連男孩子也會吃不消，可是嘉莉沒哼一句，汗流浹背地默默工作。

當韓教練來到球場時，嘉莉已完成了大半的修復工作，球場煥然一新，叫她眼前一亮。

「韓教練你來了！草地場要求草皮疏密均勻，長短一致，但這陣子球場使用多了，草皮變得凹凸不平，嚴重影響網球的彈跳方向，所以我花點工夫將它們壓平！」嘉莉放下身段，為了博取韓教練的歡心。

「嗯，草皮球場的保養工夫十分困難，而且草場已經過時！我已向校方申請將球場改為瀝青水泥地，即是以水泥作底，跟着鋪上柏油，壓實後再漆粗糙塗料於表面，那種場地較易保養！」韓教練道。

「好啊！我知道美國公開賽也是使用這種場地的！是了，我有東西給你！」嘉莉走到一旁，從書包中取出一張CD，愉悅地遞到韓教練面前，說：「這張CD是給未出生的BB聽的，聽說這是胎教，能令BB感到快樂！這張CD本來是我姨媽的，現在借給你聽！」

韓教練感到意外，關切地問：「真的有效嗎？」

「當然啦！你拿回去聽聽！」嘉莉把CD塞到韓教練手中，轉身跑到球場，以石灰粉補上脫落的界線。

跟着甘露也來到球場，她看見嘉莉賣力地修復球場，雙眼圓睜，笑道：「嘉莉真是用心良苦，我們有福了！」

甘露走到韓教練跟前，交出一份建議書，道：「這是這個星期的訓練時間表。」

「球場的保養十分重要，必須經常保持平滑及適當的溫度和硬度，故此我建議這項工作應由各位隊員輪流負責，這樣不但能夠美化球場，還能鍛煉體能呢！」嘉莉說時也沒停下手上的工作。

「這提議不錯，就把這工作納入訓練時間表內！」韓教練道。

「韓教練，那我下星期就編排隊員開始這工作！」甘露忙道。

「韓教練，既然這建議是由我提出，何不由我撰寫時間表？」嘉莉站到韓教練的另一邊道。

「好，由你寫份建議書給我看看！」韓教練說罷便離開。

嘉莉沉着嗓門道：「你為什麼要跟我力爭？」

「你說什麼？我一點都不明白。」甘露別開臉龐。

「你最好別跟我爭奪隊長這寶座，否則要你好過！」嘉莉忿然地轉身走遠。

甘露悄悄地抬頭，盯着嘉莉的背影，眼神由剛才的驚惶畏縮，漸漸變為不屑，宛若兩人。

好想打網球

連日以來，坦慈漫無目的，無所事事地浪費時間，她不知該做什麼，也不清楚該往哪裏去，她就像飄浮在大海的黑色垃圾膠袋，一身的墨黑，即使有陽光亦照不亮、穿不透這顆絕望的心，坦慈感到自己的生命烏雲密布，終日不見光明，她累壞了，只想找個浮台歇息。

放學後，她不乘公車，徒步回家，沿路無心欣賞兩旁景致，失魂落魄的見路便走。

夕陽西沉，她感到雙腿痠軟，正想找地方休息時，一抬起頭，不禁眼前一亮，她竟然不自覺地來到昔日跟余村打網球的球場上。

「碰、碰、碰！」悅耳的網球聲此起彼落，坦慈感到自己的內心再次澎湃躍動。

「真的好想好想好想打網球！不過我沒有球拍，也沒有對象跟我交手……其實我可以像從前一樣，一個人對着牆壁打球，可是……我就是提不起勁！」坦慈心道。

前一陣子，她才跟余村約定不再一起打球，而這地方正是她學打網球的起點，也讓她認識了余村，讓她改變了自己。忽然之間，一種久違了的感覺襲上心頭，當天打球的時光多麼美妙，現在卻感到陌生；當天的心情多麼輕鬆，現在卻重如泰山；當天的網球多麼純樸，現在卻佈滿陰霾。她掛念余村，掛念得馬上便想見到他！

她托着下巴，蹲坐路旁，凝望別人打網球，愈看愈痴迷，看到別人投入地打球，自己卻無能為力，就像折斷翅膀的小鳥飛不起來。她悲從中來，淚如泉湧，臉上的淚痕乾了又濕，此刻她才明白，對於網球，她是真心真意的愛上，她並不願意放棄！沒有夢想，就等於沒有生命！

「余村，我想跟你打網球！」坦慈終於明白，原來有些事情，要兩個人一起做才有意思！

「碰……碰……碰……」美妙的網球聲在寬敞的空氣中迴盪，仿如心跳聲一下一下的跳動，又仿如某人的腳步聲一下一下地走近。

「要打網球嗎？」一把熟悉的聲音似夢迷離般響起。

坦慈的心剎那間凝住，她抬起頭，在淚眼模糊之間，她看到親切的余村，就在眼前！

「不過……我沒有訂場，也沒有帶球拍！」余村嘴巴一撇，攤開雙手。

坦慈猶帶淚痕的臉上，忽然綻放出一抹淺笑，她搖着頭，忙不迭道：「不打緊不打緊……只要能夠繼續打球就好了……」

余村胸口一陣起伏，感到痛心。

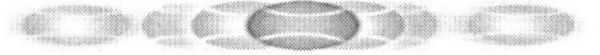

這夜暮色蒼茫，風雨欲來，坦慈感到涼意，雙臂抱在胸前，她將被隊友排斥以及被家人誤解的心事緩緩道出，余村在旁細聽，不時欷歔慨歎。

「我的家人不愛我，我的出生是多餘的，媽媽只有坦兒一個女兒便夠了！」坦慈灰心地道。

「不，你的想法完全錯了！有時候我們總愛鑽牛角尖，把事情想到有多壞就多壞。我們能夠活下來已是十分幸福的事情！做爸媽的，多少總會有點偏心，十根指頭也有長短啦！他們認為你是哥哥姐姐，比弟弟妹妹大，想法及做事都應該更成熟，故此會較少留意你，相反還要你照顧年紀較小的弟弟妹妹，唉，其實做哥哥姐姐的也不見得比弟弟妹妹懂事多少，可是爸媽就是沒留意這點！哈哈，我可像個夜間談心的電台節目主持人？」余村搔搔頭皮笑道。

坦慈臉龐發燙，余村的說話就像一記耳光，叫她清醒。

「我覺得你應該平心靜氣地跟家人談一談，若果當日你向他們表明你在學校受到冤屈，才會情緒失控而掌摑妹妹。只要你肯誠心道歉，他們不會不諒解你的！我相信家是我們的依靠，應該是一個可以讓人安心，可以治療任何痛苦的避難所。相信我，你的家人不會放棄你，他們只是不明白你，你要坦白說出你的感受和你的追求！」余村道。

「真的嗎？」坦慈眼神帶點疑惑。

「當然！至於網球隊的事情，你就讓她們鬥個你死我活吧！你能夠獨善其身，不是應該感到逍遙快活嗎？你沒聽過『不招人妒是庸才』嗎？嘉莉和幸美妒忌你，才會排斥你、對付你，故此你不需苦惱！同樣，你也不用再跟妹妹爭風吃醋，因為你們各有天分，都是某方面的天才啊！」

坦慈哭笑不得，她一直嫉妒妹妹，原來跟嘉莉和幸美的所作所為沒有分別，她為自己醜陋的心態感到慚愧。

「此處不留人，自有留人處，以後你就來跟我打球吧！」余村扮了一個鬼臉，逗得坦慈咯咯的笑起來，拍手叫好，恰巧此時，濛濛細雨開始降下。

「快來，我們回家吧！」余村站起來伸出手，坦慈看着他粗大的手掌，毫不猶豫地將手交給他，他用力把她拉起，這一刻，坦慈終於在紛紛揚揚的雨絲下站

起來。「好，回家吧！」坦慈應道。

回家途中，他們再次踏上那條橙黃色的泥路，而雨花亦在這時化作大雨，傾盆瀉下，這裏毫無遮掩，二人頓成「落湯雞」，手忙腳亂地向前方奔跑。

「快點！」余村在坦慈的前方催促。

「哎！」坦慈一不小心，失足摔倒在地上。

「你怎麼了？」余村緊張地轉身察看坦慈的傷勢。

坦慈坐在泥地上，發現衣裙和小腿沾滿泥濘，骯髒邋遢；再看看余村，他的頭髮和衣服都濕漉漉，二人既狼狽又滑稽，她忍不住開懷地笑了出來。

「笑什麼？」余村問。

「很舒服啊！你不覺得這樣很舒服嗎？雨水像把我的心靈洗滌乾淨了！」坦慈閉上眼，抬起臉兒，欣喜地迎接那涼徹心扉的雨水。

「哈哈哈！」余村也跟着嘻哈大笑。快樂，原來就是這麼簡單，不用四處張羅，不用苦心籌謀，只要釋放心靈，在大自然裏，風花雪月也叫人心曠神怡，這就是「喜從天降」的意思。

坦慈回到家中，爸爸媽媽和妹妹正在吃晚餐，見到坦慈這麼早回家，都感愕然，又看見她滿身濕透，更是大吃一驚，三人連忙搶上前看顧及慰問她。

「你沒帶傘子嗎？傻孩子！」爸爸說。

「快拿毛巾來！」媽媽道。

「姐姐你的手臂擦損了，身上還有很多污泥，你在哪裏摔倒？」妹妹擔心地嚷着。

余村說得沒錯，家人並沒有放棄她，她不禁振奮地道：「爸爸、媽媽、坦兒，我有些說話要向你們說，你們可願意聽？」

「有什麼話容後再說，快去洗個熱水澡，換上乾淨的衣服，否則會着涼！」媽媽雙手叉腰下令。

「不，這是很重要的話！」坦慈轉身捉住妹妹的雙手，道：「坦兒，上次我打你是我不對，請你原諒我！」

坦兒呆了一下，也馬上認真的向坦慈道歉：「姐姐，我也有不對，我不應滔滔不絕地打電話，打擾你休息！」

「這就好了，兩姊妹要一團和氣，相親相愛！」爸爸合起手掌，認真地道：「這陣子我們都在談論當日的事情，我們都覺得在那件事上，所有人都有不對的地方。我們一直都想找機會跟你好好談一談，只是你經常早出晚歸，一回家就把自己關起來，令我們無從入手！」

媽媽站在一旁點頭。

「媽媽，我妒忌妹妹，不愛錫妹妹，是我不對！」坦慈轉身怯懦地望向媽媽。

媽媽垂着眼皮，痛心地道：「我上次也不是有心打你的，唉，我看見你打妹妹，一時衝動便控制不到！你的腿還痛不痛？」

媽媽憐憫地輕撫坦慈的肩膀。

「已經不痛了！」坦慈伸手搭着媽媽的手，兩隻手搭在一起，互傳暖意，前嫌冰釋。

「這件事令我們每個人都不好受，不過這樣也讓我們把事情看得更清楚！一直以來，我們都忽略了你的感受，可是你一向沉默寡言，以後你要多點說出你的需要和感受，知道嗎？」爸爸道。

「沒錯！我們不是不關心你，只是不知道怎樣關心你！坦兒，你拿那些東西出來吧！」媽媽揚起頭，坦兒立即跑到房間去。

「媽媽知道你喜歡打網球，所以買了兩套球衣給你替換！」媽媽笑道。

坦兒拿出一個袋子出來，打開袋子，見到兩套簇新的運動套裝，一套是米黃色，另一套是綠色，坦慈心動，她從沒有見過如此美麗的運動套裝。

「如果你喜歡，我們還可替你報讀網球訓練班，不過你必須用功讀書，不能荒廢學業啊！」爸爸豎起食指道。

坦慈雙手捂住嘴鼻，眼淚又不爭氣地簌簌落下，

含糊地道：「多謝爸媽……我還以為……還以為你們放棄我了……」

「傻女，我們是一家人呀！」爸爸伸出雙臂把濕透的坦慈擁在懷裏，媽媽和妹妹也上前跟他們抱在一塊。

完整的家是天賜的禮物，一家人血脈相連，一起生活，一起呼吸，成長的點點滴滴都在各人的記憶內，無比珍貴，無法取締，若然有人狠心把家庭丟棄不顧，那就失去了人生中最寶貴的東西。

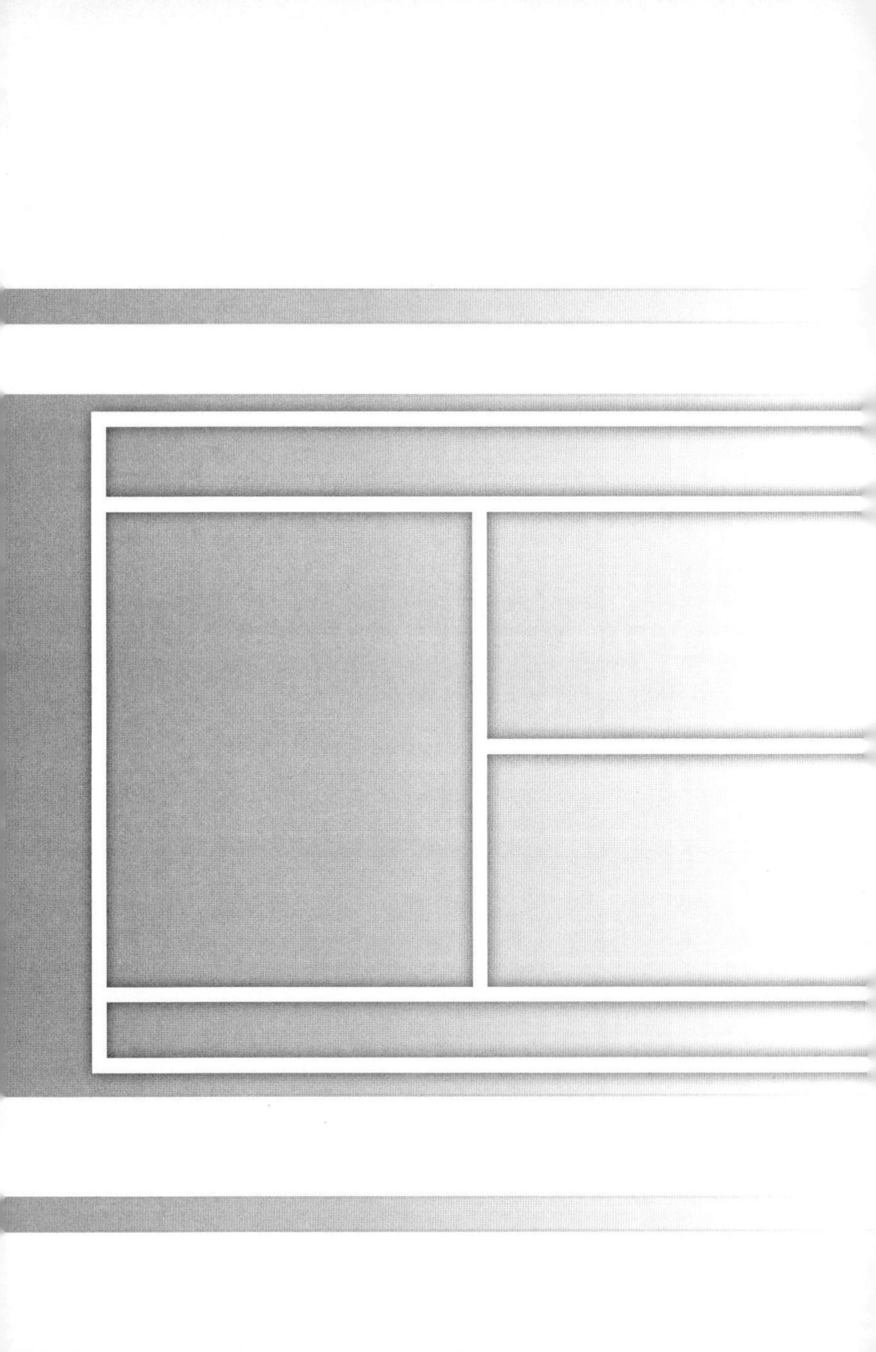

黃雀在後

這天甘露在網球隊辦事處編寫時間表，韓教練剛完成開會，正匆忙地拿着一疊文件回到辦公桌。

「教練今天有空來參加訓練嗎？」甘露問。

「應該不能了，今天的訓練就由你和嘉莉帶領吧！」韓教練皺着眉頭翻閱文件。

「嗯，有件事不知道該不該説出來……」甘露欲言又止。

「有什麼就儘管説吧！」韓教練沒在意地説。

「關於上次嘉莉的球拍被毀的事情，最近有人説那是嘉莉自己破壞球拍，然後嫁禍給坦慈——不過，這只是謠言而已！」甘露怯怯地説。

韓教練眼睛一轉，道：「這件事我不是跟你們三人提過不要再提的嗎？」

「我和嘉莉當然不會跟人提及，可是當中可能有人會忿忿不平，因而將事情愈描愈黑！」

「哼，謠言止於智者，我不想重提這件事！」韓教練瞥見案頭那張嘉莉借給她的 CD，發覺這張 CD 已

無法令她感到平和，她一手抓起它，道：「你跟嘉莉同班，告訴她這張 CD 我已經聽過了，你替我還給她吧！」

甘露接過 CD，抿嘴一笑。

甘露旋即回到教室，昂然走到嘉莉的座位，把 CD 丟在她的檯面，不屑地道：「韓教練說——你的心意，她心領了！」

嘉莉看着 CD 冷冷地擱在檯上，羞得臉紅耳熱。

「想不到你竟然會用這些東西『賄賂』教練，若然這種事情給其他人知道，別人只會說你欲蓋彌彰！」甘露冷笑。

嘉莉臉有慍色，道：「什麼欲蓋彌彰？說話別這麼難聽！」

「你不知道嗎？我不妨告訴你，有人說你故意自毀球拍，然後嫁禍給蒙坦慈。」甘露道。

嘉莉老羞成怒，大力地拍檯，大喝道：「可惡！是誰說的？」

甘露俯身，在嘉莉的耳邊輕道：「只怪你對付坦慈的手段太『低檔』！痛恨一個人就應該跟這個人成為好友，了解她的所有，然後在她全無戒備的時候，冷不防在她的背後捅上一刀！嘿，這種做法才算高明啊！」

嘉莉不禁毛骨悚然。

「嘿，你上次不是說過『要我好過』的嗎？可是你現在都自身難保了！」甘露冷笑一聲，抬起頭轉身返回座位，顯出一臉勝利者的姿態。

「哼！」嘉莉緊緊盯住甘露的背影，氣憤難平。

小息時，坦慈正在課室溫習，中六級的嘉莉竟然闖進來，直走到坦慈面前，她一臉嚴肅地道：「我有話要問你，你出來！」

坦慈歎息，她已被網球隊剔除身分，跟隊員再也沒有關係，為什麼嘉莉還要來打擾她？

嘉莉瞪她一眼，冷冷地轉身走出課室，坦慈無可

奈何地跟隨着她。

嘉莉把坦慈帶到走廊盡頭的音樂室，這裏沒有人上課，她關上燈掣，一室灰暗寂靜。

嘉莉把坦慈迫到牆角，她挺起胸膛，目光如刀鋒般鋭利的瞪着坦慈；坦慈怦然心跳，暗裏吃驚。

「我問你，你究竟有沒有破壞我的網球拍？」嘉莉仍怒視着坦慈。

坦慈退後一步，但無路可退，她提醒自己鎮定情緒，鼓起勇氣道：「我説沒有，你相信嗎？」

「真的不是你幹的嗎？你不要騙我！」嘉莉橫眉怒目，兇猛得如一隻獵鷹。

「不，我沒有做過這種事！」坦慈表現得堅強。

「那麼你有沒有到處跟人説，是我自毀球拍？」嘉莉開始失控地叫。

坦慈厭惡地搖頭，豁出去道：「我早被韓教練革除身分，球隊的一切與我無關，我又何必另生事端？現在的我只希望能夠繼續打網球，其他勾心鬥角的事情，我都不想聽、不想知！」

嘉莉忽然像泄了氣的汽球般頹然，她搖頭道：「我早就懷疑這件事情，你不會是這種人……坦慈，我們都被人利用了！這個人一直在扮演好人，暗裏破壞我的球拍，再嫁禍給你，將你趕走只是第一步，她的最終目的是將我趕走！」

「什麼？」

「她到處散播謠言，説我設計陷害你，現在教練懷疑是我故意將球拍弄毀，如此這般，我便會被教練撵走！」

「啊？」坦慈大吃一驚，感到人心叵測。

「其實這一切都是這個人的把戲，因為我是她成為網球隊隊長的最大障礙，所以她必須將我剷除！」嘉莉握緊拳頭。

「這個人到底是誰？」坦慈被搞得混亂了。

「她就是——黎甘露！」

14 各執一詞

這天清晨，坦慈比往日早了起牀，吃過早餐後便拿起球拍及書包離開，她懷着愉快的心情上學，快樂的原因，除了是因為跟家人的關係修復外，是因為她跟余村約定放學後，一起到學校的網球場打球，能夠重拾心愛的網球拍，以及穿起媽媽買的新球衣打球，她興奮得徹夜難眠。至於嘉莉與甘露的爭鬥，她已不想理會。

坦慈跳上巴士，她坐在窗邊位，悄悄打量身旁的空位，心道：「真的希望我就是余村喜歡的女生。其實我跟他住得那麼近，他喜歡的人會不會就是我呢？我真笨，從沒有在巴士上遇見他，那個女生又怎會是我？又或者……我們曾經在巴士上相遇，只是我並不察覺而已……唉，別胡思亂想了，只要他不嫌棄跟我繼續打球，我便心滿意足！」

喜歡一個人，不一定要擁有這個人，能夠遇上可交心的朋友已是一種福氣。她輕捫心口，閉上眼睛，感受那股充實溫暖的感覺，她猜想……或許這就是愛。

放學後，嘉莉匆忙拿起書包跑出教室，甘露見她神色不對，隨即趕上。嘉莉直衝向網球隊辦事處，發現韓教練抱着一疊文件，正準備離開。

「韓教練，請你聽我解釋，破壞球拍的事根本與我無關，罪魁禍首是甘露，是她設計這個局來陷害我！」嘉莉說。

甘露在門口聽見，慌忙搶上，拉着韓教練的手臂搶白道：「韓教練，她含血噴人！她一直視坦慈為眼中釘，決心要『踢』她離隊，你一直被她欺騙了！」

「韓教練，她指鹿為馬，口蜜腹劍，你不要相信她！」嘉莉氣急敗壞。

「韓教練，她心胸狹窄，排斥隊友，剷除異己，你才不要相信她！」甘露一臉焦躁。

「夠了，你們給我住口！你看你們現在像什麼樣子？你們真教我徹底的失望！」韓教練勃然大怒。

她心胸狹窄，排斥隊友……
她指鹿為馬，口蜜腹劍……
夠了，你們給我住口！
Sport Power

嘉莉和甘露仿如五雷轟頂，連忙噤若寒蟬。

韓教練臉色一沉，厲色道：「你們各執一詞，説着不同版本的故事，我無法分辨真偽，而我亦不想浪費時間去分辨！我告訴你們，破壞球拍的事正式告一段落，誰敢再提這件事，誰就被撤銷網球隊隊員身分！我一直懷疑此事，所以一早調走坦慈，待『兇手』自動現身，想不到你倆的狐狸尾巴這麼快便現形！我終可還坦慈一個清白，她不用為球拍賠款，而且我將喚她歸隊操練！」

嘉莉和甘露對望一眼，氣憤難平。

「我現在要開會，你們自行練習！記着稍後會有智樹中學的網球隊來訪問，你們好好招待他們，別失禮人前，知道嗎？」韓教練面有慍色地離開辦事處。

嘉莉和甘露狠狠地互相仇視，就像要置對方於死地。

「你竟然在韓教練面前將整件事抖出來，你簡直沒長腦袋，你看她現在兩個都不信任了！」甘露道。

「我寧願跟你同歸於盡，也不吃這個啞巴虧！」嘉莉深惡痛絕地回應。

「沒錯，我是故意破壞你的球拍，嫁禍給坦慈，然後再四處散播『是你破壞自己的球拍來陷害坦慈』的傳言！這樣一來，你名聲受損，也就無法跟我爭奪隊長銜頭！想不到我這個完美的計劃，最終還是被你破壞！」

「我跟你勢成水火，要較量就在球場上決一勝負吧！」嘉莉怒不可遏。

「好！現在就去！輸了的人就要退出網球隊！」甘露怒目相視。

「一言為定！」

耀目的陽光照在熱力四射的網球場上，草皮場內外擠滿學生，因為他們以為嘉莉和甘露為了爭奪隊長之位，正在場上一較高下，他們爭相一睹未來網球隊隊長的人選到底是誰，人叢中一片喧囂，有人支持

嘉莉，有人力撐甘露，雙方支持者大喊口號，互不相讓。

球場上嘉莉和甘露劍拔弩張，氣勢凌人；她們豁盡全身拚勁，每發一球，每擊一球，都如倒海翻江，天地色變；她們在場上四處奔跑，汗珠四濺，採取搏殺的搶攻，誓要將對方打垮不可。她們施展渾身解數，打得異常燦爛，震撼在場全部觀眾的心神。

「一直以來，你都是我的手下敗將，今天我就叫你徹頭徹尾的倒下來，永不超生！」嘉莉回擊一記強勁的正手抽擊。

「我曾將你練習的錄像帶反覆研究，對你的打法瞭如指掌，要對付你簡直不費吹灰之力，受死吧！」甘露大喝一聲，以反手猛地把球打回。

想不到嘉莉和甘露昔日同門姊妹，今天為了爭權奪利，不惜反臉無情，將往日的情誼一筆勾消！

嘉莉跟甘露勢均力敵，互保發球局，打至局數六比六，二人仍然鬥得難分難解，無法將對方比下去。

當嘉莉和甘露激烈地鬥個你死我活時，另一邊廂，坦慈跟余村卻在另一個球場上，笑聲朗朗地打網球，儘管無人喝采，無人觀賞，他們仍然自得其樂。兩個球場形成強烈的對比，一邊吵得沸聲滔天，一邊清淨淡雅，坦慈和余村猶如雲上仙人，在只屬於他倆的網球世界中遊走。

當嘉莉和甘露戰至九比九平手，兩人筋疲力盡的時候，球場入口忽然來了一羣身穿螢光橙色球衣的運動員，他們全部神清氣朗，笑意盈盈。

幸美上前，禮貌地問：「請問你們是哪間學校的學生？找哪一位？」

一個站在最前面，額上有痣的男生道：「我們是智樹中學的網球隊，在下是隊長李圖！我已聯絡過韓教練，她說今天沒空，叫我找嘉莉或甘露就可以了！」

「她們正在球場上，短髮的是嘉莉師姐，另一位就是甘露師姐！」幸美道。

「聽韓教練形容，她倆正是你們現今隊內最厲害的

球手！」李圖望向球場那方，只見場上的嘉莉和甘露神色敗壞，氣喘咻咻，就像快要昏厥暈倒的樣子。

「沒錯。」幸美道。

「什麼？那兩隻『軟腳蟹』就是嘉莉和甘露？哈哈！」站在李圖身後的『四眼妹』輕忽地笑。

「不得無禮！」李圖冷道。

幸美不忿師姐被辱，道：「不知這位戴眼鏡的女生叫什麼名字？可有興趣跟我兩位師姐切磋球技？」

「她叫鄧麗麗，中五生，她跟隊友方詩詩合作雙打。不如就由你兩位師姐跟我這兩位師妹隨便打一場玩玩吧！」李圖道。

「難道我們會怕你們不成？」幸美老羞成怒。

「幸美，不得無禮！」韓教練來到球場，發現幸美跟李圖等人言語不合，立即急步上前阻撓。

「韓教練，小心身體！」幸美連忙攙扶韓教練。

「韓教練你好！剛才你的好徒兒已答應讓嘉莉和甘露跟我們的拍檔打一盤，相信韓教練不會反對吧？

難道你擔心你們的最強球手會輸給我們這兩個黃毛丫頭？」李圖語氣軟綿綿，話裏卻藏有利針。

「哎！」韓教練肚裏的小頑皮踢了她一腳，身子不禁靠向幸美懷中，她勉強擠出笑容，道：「只是一場練習比賽而已，勝負並不重要，友誼第一。」

「那就好了，麗麗詩詩，還不快去準備？」李圖目光逼人。

韓教練見勢成騎虎，惟有說：「嘉莉和甘露剛剛練習完畢，先讓她們休息十分鐘吧！」

「好，一言為定！真想一睹頂尖的中學網球隊的風采！」李圖率領眾人到一邊坐下。

韓教練轉身，怒斥幸美：「你幹麼胡亂答應別人的比賽要求？她們的雙打組合練習多時，相反嘉莉和甘露從沒有合作，那如何能夠匹敵？若是給她們勝了，她們就可以對外人說，她們以低年級的球手挫敗了我們兩位尖子高手！」

幸美臉色驟變，慌忙道：「我也不想的，只是那李

圖和鄧麗麗目中無人，我……我只想還以顏色！」

「嘿，來者不善，善者不來！你真是蠢得可以，這次仁愛中學的網球隊威名都給你盡毀了！」韓教練撐着腰，怒沖沖地走開，撇下欲哭無淚的幸美。

混雙對決

仁愛中學網球隊來了不速之客，智樹中學率領一眾球員來挑戰其地位。大敵當前，本來反目成仇的嘉莉和甘露卻要聯合起來抗敵。不幸的是，二人在剛才的單打內戰耗盡了元氣，要在十分鐘內恢復體力，談何容易？

韓教練看見二人癱死般在椅上歇息，猶如枯枝敗絮，以她們現在的體能，根本無法跟對方匹敵。她不禁歎氣，道：「煮豆持作羹，漉豉以為汁。萁在釜下燃，豆在釜中泣。本是同根生，相煎何太急？」

這是三國時代詩人曹植，為了諷刺兄弟骨肉相殘的「七步詩」，嘉莉和甘露聽後，對望一眼，為自己衝動又愚鈍的行為感到羞愧難堪。

嘉莉和甘露的大戰告一段落，球場上回復平靜，但觀眾並未散去，因為另一場跟智樹中學的女雙混戰即將舉行，在這段無聊的等待時間，他們將焦點放在余村跟坦慈的對打上。在艷陽的照射下，余村和坦慈一臉專注，男方雖然佔盡上風，可是女方仍然竭力地

揮拍把球打回，他們動作優美，就像在示範正統的步法和揮臂動作，他們一揮拍一踢腿都洋溢着熱情和活力，令人目不暇給。

「他們也是網球隊的選手嗎？打得不賴！」智樹中學的李圖看着余村跟坦慈的對打。

「至少比剛才那兩隻『軟腳蟹』打得有勁！」鄧麗麗道。

另一方面，甘露痛苦地抓住小腿，道：「韓教練，我的小腿抽筋！」

幸美立即上前替甘露壓腿。

「看來甘露不能上場了！」其他隊友擔心地道。

韓教練望向遠處的球場，猶豫了一會，道：「這次惟有兵行險着！」

韓教練挺着肚皮走到李圖身前，禮貌地道：「十分抱歉，我們的主將甘露受傷了，不如我們來一場男女子混合雙打好嗎？」

「什麼？你們的主將受傷，要跟我們打一場混雙比賽？」李圖訝異地問。

「對了，反正都只是一場友誼交流賽而已！」韓教練笑道。

「那麼你們派什麼人來應戰？」鄧麗麗問。

「剛才在那邊球場打球的男女球手，他們的網球打得不壞，同樣是中三學生，他們的名字叫蒙坦慈和陸余村！」韓教練道。

「可是今天我們低年級的球手並沒有隨隊來拜訪……」李圖道。

「不打緊，你們儘管派些高年級的選手接戰吧！我們是冠軍學校，既是主隊又佔主場之利，好應該一盡地主之誼！」韓教練這一計策，立時將仁愛網球隊的劣勢扭轉過來，即使對方勝出，高年級打敗低年級，沒有什麼大不了，相反若果坦慈和余村僥幸打勝的話，反令對手面目無光。

一場混雙比賽即將舉行，校隊竟然派出兩個不知

名的選手上場。旁觀的同學們大惑不解。

余村雙臂放在肩後伸懶腰，笑道：「真榮幸我能夠代表網球隊出賽！」

「我也感到吃驚呢！韓教練還跟我説，我不用為球拍賠款，而且可以重返網球隊！」坦慈開懷地笑。

「這場比賽，我們一定要加油！」余村伸出右拳，坦慈合拍地伸出左拳，跟他拳頭碰拳頭。

「加油！」能夠跟余村一起並肩作戰，令坦慈感到坦然。

對面場區，智樹中學派出李圖跟鄧麗麗應戰，面對低年級的選手，他們充滿信心。

「可惡，她們竟然派些渾球出來接戰，完全不放我們在眼內！我們必須在短時間內解決他們，好讓他們感到難堪，要她們再派另一些『高手』出來跟我們比拚！」李圖跟拍檔麗麗耳語。

「明白！」麗麗點頭一笑。

比賽甫開始，李圖以坦慈為狙擊目標，頻頻朝着她施以重擊，李圖的力量完全壓倒坦慈，坦慈不是接不到球，便是回球不夠質量，被對方施以高壓殺球，無法挽救。李圖與鄧麗麗的組合完全控制了戰局，把坦慈和余村打得落花流水，不消兩分鐘便輸掉了第一局。

「雙打大致有三種站位陣式，主要是一人在近網處，另一人在底線，另外是兩人都位於近網處或是兩人都站在底線。混合雙打一般都會攻擊實力較弱的女運動員，故此余村應站在左方，坦慈站右方，好讓余村能發揮正手拍球的力量！」趁換場時，韓教練走到二人身後講解雙打打法。

余村和坦慈點頭稱是，之後在站位上便避免重複犯錯，讓對方有機可乘。

下一局開始，坦慈連續兩個發球都被對方打回直線，讓對手直接得分領先 30 比 0，坦慈氣餒的呼出一口氣，感到無計可施。李圖積極上網截擊，坦慈和余村不敵，再輸一局。

不一會，智樹中學便以狂風掃落葉的攻勢領先對手局數四比零，雙方實力始終存在一段距離。場內氣溫甚高，一眾仁愛學生手心冒汗，替余村和坦慈感到憂心。

「為什麼韓教練要派這兩個新人出賽？他們根本未成大器！」

「若果以整盤零比六輸掉賽事，我們仁愛的威名便會付諸流水。」觀眾一面倒不看好己隊的實力，現場不時傳來歎氣連連的聲音。

小休時間，雙方球員到場邊稍作歇息，韓教練忍受高溫，一直在旁觀看，分析賽事，細心留意己隊的不足以及對方的漏洞，一到小休，她便為二人教路。

「你們緊記發球要深，將球打向對方反手或打向中央，因為場中央不會讓對手有太多的角度將球打回，同伴亦容易攔截飛擊！不過發球要多變，別被人識破，知道嗎？」韓教練指手比劃地說。

「韓教練，雙打比單打難啊！」坦慈歎氣道。

「雙打節奏是比較快速，可是雙打能夠訓練球手的反應、判斷能力和合作精神，這是一個磨練的好機會！坦慈你夠靈敏，余村頭腦也轉得快，而且你倆控球又準確，十分適合打雙打，放鬆一拚吧！」韓教練道。

坦慈點頭，重拾信心。

「你們必須保持擊球穩定，減少失誤！他們搶截強勁，你們不妨雙雙上網，鬥快打出上網截擊球，但要牢記每次截擊必須儘早出擊，增強威力！」韓教練在二人耳邊輕道。

「是！」余村握緊拳頭。

「嗯，我們愈早擊球，對手的準備時間愈少，而且擊球點離球網愈近，能攻擊的角度也就更大！」坦慈得到韓教練的勉勵，不但克服對雙打的恐懼，還漸漸發覺雙打刺激有趣。

比賽繼續，是李圖的發球局，面對他強勁的發球，坦慈二人改變戰術，當余村接球時，坦慈幾乎站

在發球區的中線「T」字的死角位置上，給予對手壓力。

李圖猛虎般的發球打過去，余村回了一記較低的球；麗麗始料未及，慌忙上前回球，坦慈眼明手快，在中央位置搶截，「碰」的一聲，網球勁道十足地綮打在對方場區，得分！

「好耶！」坦慈上前跟余村擊掌。

輪到坦慈接李圖發球，她知道對方力量強大，於是接發球時嘗試一個短的後擺動作，就像打截擊球一樣；麗麗再次判斷失當，讓余村一記直線攔截，奇襲得手。

「一舉取下他們的發球局！」余村慷慨激昂地振臂。

「好！」坦慈堅定地回應。

儘管對手擁有絕對的領先優勢，可是余村和坦慈並沒有急躁，寓比賽於學習，正逐步掌握混合雙打的訣竅，他們不斷改變戰術，時而一起死守底線，咬緊牙關以底線抽擊和高吊球跟對手的網前截擊周旋；時而雙雙上網，一輪截擊，攔搶高壓殺球，排山倒海地進攻，把對方打得手忙腳亂。他倆努力不懈，一步一步地將比賽節奏搶回來，拚命扭轉乾坤，將雙方的局數差距愈縮愈窄。

比賽至中段，坦慈二人已將局數拉近至三比四，雙方陷於劇烈的拉鋸戰。坦慈在右方底線跟對手大打底線球，雙方耐性地以深球回擊到對面中央靠左方的位置，避免前面的球員從中截擊。

「喝！」坦慈大叫一聲，她的體力充沛，每次回球都夠深夠狠；麗麗漸感吃力，回球略為淺近；余村眼明手快，一板重力截擊，得分，40 比 30，再取一分局數就打平。

這一球，坦慈跟麗麗又在對角球上角力，當坦慈把球打回後；站在網前的李圖忽然橫向搶球，把坦慈的球中途截擊，打向余村的身前；這一下來得突然，但余村處變不驚，蹲下身揮拍將球打回，「碰」的一

聲，球越過李圖的身邊擊在界內，再彈到場外，得分！坦慈二人一鼓作氣，把局數追至四比四，形勢大好。

他們在比賽中努力溝通，對同伴充滿信心，打輸一球，他們會以眼神安慰對方，了解失分原因，再重整旗鼓；贏了一球，他們會為對方鼓舞，激發鬥志，二人互相支持，共同進退，精神合二為一，這種高度的團隊精神，不知不覺間已感動了在場的每一個仁愛同學。

「好棒呀！好棒呀！」仁愛中學的支持者看見己隊從劣勢追上來，不禁歡天喜地。

「太好了，他們漸漸培養出默契，愈打愈有勁！」嘉莉興奮地說。

「或許他們真的能夠將對方打敗，我們有希望了！」甘露和應。

「嘉莉、甘露，你們到底明白沒有？」韓教練問。

嘉莉和甘露不期然慚愧的看着教練點頭。

小休時間，隊友跟仁愛中學的學生忽然齊聲大叫：「仁愛加油！坦慈加油！余村加油！加油加油！」

當強敵智樹入侵，仁愛的同學為了避免讓對手蹂躪，保持校隊的尊嚴，他們的歸屬感莫名地萌生，眾人團結起來，手牽手共同抵禦外敵。場上選手的鬥心、激情、熱汗，加上眾多支持者一致的熱忱寄託，縱橫交織於網球場上，令本來已熾烈的氣氛更加熱力四射，網球的魅力不言而喻。

坦慈二人喜出望外，他們就像舞台上矚目的天王巨星，這股動力支撐他們永不言棄的精神。坦慈心情激盪，酸甜苦辣百般滋味紛紛湧上喉頭，叫她忍不住熱淚盈眶，本來沉默寡言的她，終於明白自己為何那麼喜歡網球，原來網球就是她表達自己的方法！站在網球場上便能發光發熱的她，那個就是真正的自我！

比賽繼續下去，支持者為表禮貌，統統靜下來，

整齊壯觀，猶如軍隊操兵般紀律嚴明。

韓教練站在嘉莉和甘露的跟前，嚴肅地道：「坦慈跟你們打的網球完全不同，她是真心真意地愛上網球，可是你們打球背後卻各懷鬼胎！嘗試回想你們剛剛加入球隊的時候，你們就像場上的坦慈一樣純真，一舉手一投足都那麼迷人！」嘉莉和甘露同時往網球場上看去，坦慈在場上東奔西撲，她們腦海裏的舊片段也跟着翻飛掠過，從前只顧追着網球的她們，不知不覺間，眼前追逐的竟不再是網球！想到這裏，她們都不禁流下悔恨的眼淚。

「你們都犯了嚴重的思想錯誤，一個太過好勝，眼中容不下別人；另一個渴求成功，不惜一切代價！社會確實現實無情，但亦有無限資源與機遇，只要具備真材實學及一技之長，那就可以各展所長，百花爭鳴，根本無須鬥個你死我活！同時，名成利就雖是許多人都渴望得到的東西，可是那應該只是結果，我們應着重提升本身的實力，卻不是專注於手段！要得到

別人的尊重，除了有錢有地位外，還需保持個人的涵養，待人真誠有禮才是重點！」

嘉莉和甘露恍然大悟，真心知道過錯，同時喊道：「韓教練，對不起，我知錯了！」

韓教練坐到嘉莉和甘露的中間，輕輕地道：「不妨告訴你們，亞楚已向我提出離隊的申請，換言之，她的名字不會再出現在排行榜上，雷亞楚的名字正式成為歷史！可是她對我説，她為自己的偏私亦感到抱歉，她沒想到致力培訓坦慈會引起軒然大波，她這麼做純粹是欣賞坦慈那顆赤誠的心！無論如何，我打算提拔嘉莉成為正隊長，甘露則為副隊長，以後你兩姊妹相輔相成，一起為球隊努力，知道嗎？」

「知道！」韓教練不計前嫌，依樣提升嘉莉和甘露二人，令她們感動得涕淚縱橫。

韓教練燦然一笑，伸出兩臂輕輕摟着她倆，道：「好了，我們一起來看比賽，一起為網球隊加油！」

為了爭奪隊長之位，嘉莉甘露同室操戈，弄致滿城風雨，幸好二人最後不再執迷，還大徹大悟，至於這場比賽的結果，已經不再重要了。

比賽後，坦慈和余村一起跳上巴士回家，坦慈挑了窗邊位坐下，余村則坐在她的身旁。

「我一直想問你，為何你那麼喜歡網球？」坦慈問。

「你記得我喜歡的女孩嗎？因她的緣故，我不只愛上上學，還愛上了網球！我記得從前她放學後，總會跑到學校的網球場，對着牆壁獨個兒打網球，於是我也學習打網球，期望有一天能夠跟她一起打網球！」余村望着窗外搔搔頭皮道。

坦慈臉蛋漲紅，手足無措，靜默五秒後，她鼓起勇氣問：「那麼你願望成真了嗎？」

從前的她，想問又不敢問，現在卻不同了。

余村雙眼瞇成一線，望着坦慈反問：「你認為呢？」

坦慈噗嗤一聲，笑了出來。

梁天樂電郵，歡迎聯絡：
alanleungtinlok@yahoo.com.hk

Sports delight

一系列**活力溫情**的故事，描繪年輕人從運動及比賽中尋找自我、對抗逆境、勉勵圖強的歷程盛載着成長的記憶與無限的**青春動力**。

跳躍女排 1 校隊新丁
謝小寶

單車飄移
古永信

好男隊長
吳嘉榆

榮獲 05-06 年度
「中學生好書龍虎榜」之「十本好書」獎

好想打網球
梁天樂

榮獲 08-09 年度
「中學生好書龍虎榜」之「十本好書」獎

熱拚足球
梁天樂

旋轉女乒
梁天樂

8號峰球隊
梁天樂

衝吧！夢想少年
梁天樂

入選 01-02 年度
「中學生好書龍虎榜」候選書目

運動員成功背後的奮鬥故事，通過面對面的訪談，讓你近距離接觸**活躍的生命**。

摘金背後
十個運動員的成長故事
李穎詩、俞越

在運動場上起飛
香港精英運動員的成長與尋夢歷程
雲芷

感謝您選了這本書，閱讀以後，
您有沒有一些啟發，一些感想？我們期望您的聲音。
請登上 www.btproduct.com/book，
在「讀者回應卡」頁面內填寫。謝謝。